나는 너를 아는데

나는 너를 아는데

박영란 장편소설

우리학교

차례

1장 나에게…7

2장 너에게…89

3장 너와 나에게…175

작가의 말…210

1장

나에게

1

자신이 한 행동을 책임져야 하는 때가 온다. 행동의 결과를 책임져야 하는 순간. 그 사람이 돌아왔다는 소식을 들었을 때 그 생각이 들었다.

"아주 온 거래요?"

봉하 씨도 거기까지는 모른다고 했다. 하지만 캐리어를 몇 개나 집에 들인 걸 보면 금방 떠날 것 같지는 않다고 했다.

"한 바퀴 돌고 올게요."

평소처럼 저녁 산책이나 하러 일어섰다.

"애들 데리고 다녀."

봉하 씨 당부가 아니라도 어두워지면 무조건 과묵과 수다를 데리고 나선다. 개들은 즉각적으로 위험을 알려 준다. 낯선 사람, 주말에만 오는 사람, 이웃, 가족을 구별한다. 산짐승이 침입한 것도 알려 준다. 산으로 둘러싸인 주택 단지에 살려면 개는 필수다.

"휙."

내가 부르자 과묵보다 먼저 달려와 목을 내미는 수다는 그 사람을 기억할지도 모른다. 수다가 새끼일 때 그 사람도 포레에 살았다. 그 사람 집에 갈 때 데려간 적도 있다. 겉모습은 몰라봐도 냄새는 기억할지 모른다.

과묵은 산속을 주시하는 습관이 있다. 혼자서 예민하게 소리를 알아듣고는 홀린 듯 산속으로 달려 들어가기도 한다. 그래서 목줄을 단단히 잡아야 한다. 과묵은 들개가 우리 집에 두고 간 새끼다. 어쩌면 어미가 저 산속 어딘가에서 보고 있다고 생각하는지 모른다.

"기대 말아."

나는 단호하게 과묵의 기대를 꺾는다. 이렇게 기대를 꺾어 줘도 과묵은 가끔 목줄을 풀고 집을 나가서 들개들과 어울리다 돌아온다. 나는 과묵이 들개로 살아가기를 바라지 않는다. 어미 개도 그런 생각으로 우리 집에 두고 갔을 것이다.

별장을 주시하면서 완만한 경사로를 천천히 걸어 올라갔다. 봉하 씨가 낮에 검정색 밴이 들어오는 걸 봤다고 했다. 밴에서 그 사람과 부모까지 셋이 내려 큰 캐리어를 여럿 옮기고 나서 부모는 돌아갔다고 했다. 별장에는 가끔 그 사람 형이 드나들었는데 어쩌면 봉하 씨가 착각한 것일 수도 있다. 멀리서 보면 그 사람 형과 그 사람은 비슷하다. 대문에 가까워졌을 때 2층에 불이 들어왔다. 집 안에 누가 있었다.

"크릉."

수다의 몸이 눈에 띄게 경직됐다. 수다가 앞으로 튀어 나가려 안간힘을 쓰며 줄이 팽팽하게 당겨졌다.

'쉿.'

내가 신호하자 수다는 한껏 긴장한 꼬리를 흔들었다. 혹시 그 사람 기척이나 냄새를 알아차린 걸까.

별장 대문 쪽으로 뻗은 축대를 따라 산으로 이어지는 산책로 계단 앞까지 갔다가 다시 내려오는 동안 집 안에서 누군가 움직이는 모습은 보이지 않았다. 잠깐이라도 그 사람을 본다면 나는 바로 알아볼 것이다. 지난 5년 사이 아무리 달라졌다고 해도 알아볼 것이다.

2

이곳은 '헤븐 포레스트 가든 빌리지'다. 우리는 간단하게 '포레'라고 한다. 포레는 산비탈을 평평하게 깎아 낸 자리에 들어선 전원주택 단지인데 지금까지 열다섯 집이 입주했다. 그중에 사람이 사는 집은 우리 집을 포함해 열한 집이다. 다른 집에는 주말에만 사람이 온다.

높은 곳에 지은 별장 집은 유리창이 많아 언뜻 식물원처럼 보이기도 하지만 정작 저 집엔 식물이 별로 없다. 이 동네에서 식물이 가장 적은 집일 것이다. 경사진 땅을 고르게 만들기 위해 쌓은 축대 바로 위로는 철제 담을 둘렀고 마당에는 잔디뿐이다. 이 동네에서 유일하게 수영장이 있다는 게 특징이다. 수영장에 물이 차 있는 걸 본 적은 없다.

그 사람 가족이 이사한 뒤에는 임대용 별장으로 쓰였다. 그래서 그 집을 '별장'이라고 부른다. 누군가는 마당에서 폭죽을 터트리며 파티를 벌였고, 약혼식인지 결혼식인지를 한 적도 있다.

별장의 방문자들은 동네 사람들한테 관심거리다. 이 조용한 동네에 온 낯선 사람이 소란을 떨면 구경거리가 된다. 동시에 골칫거리이기도 하다.

그 사람 부모님은 가끔 별장을 살피러 온다. 집을 수리할 때도 있고 별장을 빌린 사람들이 떠나면 며칠 머물기도 한다.

내가 포레에 살게 된 건 부모님 때문이다. 부모님은 전원주택에 살려는 계획을 세우고 여러 단지를 두고 고심하다가 포레를 선택했다. 두 사람 모두 출퇴근을 감수할 만한 곳, 내 학교 문제도 해결되는 곳, 그러면서도 꿈꾸던 전원생활을 맘껏 즐길 수 있는 곳이 바로 여기라고 생각했다.

이곳은 산으로 둘러싸여 있다. 산책로는 울창한 숲으로 이어졌고, 차로 10분 거리에 저수지도 있다.

1년 동안 부모님은 전원생활에 열중했다. 평생 농사를 지어 온 할아버지보다 더 텃밭 가꾸기에 열심이었고, 정원에 포치를 세우고 온갖 나무를 심었다.

그러던 부모님은 어느 휴일 아침에 산책로에서 멧돼지를 맞닥뜨린 뒤로 서서히 환상에서 깨어났다. 외면해 왔던 현실을 제대로 보기 시작한 것이다. 근사한 집들이 즐비한 숲속 마을에서 마음 맞는 이웃들과 살 줄 알았지만, 막상 이사 와 보니 사람이 사는 집은 겨우 몇 집뿐이라는 것. 아침저녁으로 산길을 따라 걸으며 자연과 더불어 생활하는 여유로움을 기대했지만 막상 산은 위험하다는 것. 나를 혼자 학교에 보내려면 통학용 버스가 제공되는 학원에 반드시 등록해야 한다는 것. 통학 버스를 놓치면 택시를 불러야 한다는 것. 이 집을 사려고 할아버지가 살던 집을 팔고 대출까지 끌어 썼다는 것. 그래서 봉하 씨를 포레에 가둔 셈이 되었다는 것.

부모님은 이런 현실을 하나씩 깨달은 끝에 마침내 분양업자들한테 속았다는 사실을 인정했다.

포레에 처음 왔을 때 나는 중학교 1학년이었다. 지난 5년 사이 나는 숲의 리카온이 되었다. 학교에서 내 별명이다. 과묵과 수다를 데리고 산으로 돌아다닌다고 해서 생겼다.

내가 숲의 리카온으로 자라는 동안 부모님은 다시 도시로 나갔다. 아버지 직장이 옮겨 가게 되어 포레에서 출퇴근하기 어려워졌다. 어머니와 아버지는 서로의 직장 중간쯤 되는 곳에 원룸을 얻어 그곳에서 지내다가 주말이 되면 이곳에 온다. 결국 나는 친할아버지인 봉하 씨와 둘이 포레에 사는 셈이다.

집에서 신도시에 있는 학교까지는 자동차로 15분 거리다. 차로 15분 거리는, 걸어서 몇 시간이 걸릴 수도 있다. 산을 넘어서 집으로 돌아온 적이 있다. 함께 산을 넘어 집으로 돌아왔던 날을 그 사람도 기억할 것이다. 그 깜깜하던 밤을 잊었을 리 없다.

3

전동 킥보드를 타고 집을 나섰다. 한 바퀴 휙 돌 생각이라 과묵과 수다는 집에 뒀다. 며칠 사이 달라진 점이 있다면 별장의 모든 창에 블라인드가 내려졌다는 것이다. 그 사람이 나를 의식하고 있는 걸까? 어쩌면 내가 아직 이곳에 살고 있다는 걸 알고 만나러 올까 봐 미리 경계하는 걸 수도 있다.

별장 외부 등은 모두 꺼져 있었다. 이런 동네에 살려면 덩치 큰 개, CCTV 그리고 밤새 밝혀 두는 외부 등 같은 보안 장치가 필요하다. 설마 전기세 걱정에 등을 꺼 둔 건 아닐 것이다. 내가 아는 그 사람은 그런 걸 걱정하는 사람이 아니다.

집 안에 누군가 있는 게 분명한데 며칠째 모습을 본 적이 없다. 봉하 씨도 첫날 이후 본 적 없다고 했다.

이곳에는 왜 돌아온 걸까. 그렇게 떠나고 싶어 하던 이곳에 왜 돌아와 있는 건가.

"넌 여기서 탈출하고 싶지 않냐?"

오래전 그 사람이 물었을 때 나는 이해하지 못했다. 탈출이라니. 나는 봉하 씨와 살 수 있다면 어디든 괜찮았다. 무엇보다 부모님과 마주칠 일이 적어서 좋았다. 독립한 어른이 된 기분마저 드는 포레 생활이 마음에 들었다.

"여긴 짐승들이나 살 곳이라고! 근처에 사육장 있는 거 보면 모르겠냐?"

"무슨 사육장이 있어요?"

"산 몇 개 넘으면 곰 사육장이 있어."

"가 봤어요?"

"우리에 갇힌 애들한테서 쓸개즙 어떻게 빼내는지 아냐?"

"직접 봤어요?"

"나중에 한번 보러 가자."

"그런 걸 뭐 하러 봐요."

"그런 걸 봐야 이딴 곳에서 탈출할 생각이 나지!"

그 사람은 내가 답답하다는 투로 소리쳤다.

"아, 지긋지긋해."

그렇게 지긋지긋해하던 곳에서 도망치듯 떠나더니 5년 만에 다시 돌아온 이유가 뭘까? 그리고 귀환을 아무한테도 들키기 싫은 것처럼 모습을 감추고 있는 이유가 설마 나 때문일까.

*

멀리 집에서 수다가 부르는 소리가 들려왔다. 수다와 과묵은 집에 있어도 내가 어디 있는지 안다. 그리고 내 움직임이 조금만 이상해도 소리를 낸다. 지금은 별장 근처에서 킥보드를 멈추고 움직이지 않는 게 이상해서 불러 보는 것이다.

"그래, 간다."

출발하려는데 별장 현관문이 열리면서 센서 등이 켜졌다.

킥보드를 끌고 내리막길 쪽 축대 옆에 바싹 붙었다. 현관 계단을 내려오는 기척이 났다. 곧 센서 등이 꺼지며 사위가 어두워졌다. 발소리가 한층 크게 들렸다. 그 사람이 아닐 수도 있다. 내 눈으로 확인하기 전까지는 봉하 씨가 본 게 그 사람이 맞는지도 확신할 수 없다. 내 키보다 높은 축대 위를 확인하기 힘들다. 하지만 무리해서 그 사람과 마주치고 싶지도 않다.

다시 킥보드 위에 올라섰다. 골목을 쭉 미끄러져 나가다가 경사가 있는 큰길로 내려갔다. 뒤는 돌아보지 않았다. 나를 그 사람이 보고 있는 것 같았다.

나를 본다 해도 그 사람은 나인 줄 알아보지 못할 것이다. 5년 사이 나는 30센티미터가량 키가 자랐고, 그만큼 몸집도 커졌다. 나는 그 사람이 알던 예전의 나와 완전히 다른 모습이다. 킥보드를 타고 빠르게 멀어지는 나를 알아볼 리 없다. 그런데도 그 사람이 나라는 걸 알아차린 것 같아서 목덜미가 서늘했다.

스쿠터가 요란한 소리를 내며 포레 안으로 들어왔다. 온 동네 개들이 일제히 짖어 댔다. 사람이 사는 집에는 개가 있다. 평일에는 비는 집에도 집 지키는 개가 있다. 수다를 데려온 1호 집에는 삽살개가 무려 일곱 마리나 된다. 사람보다 개가 많은 포레에 배달 스쿠터가 들어오면 폭죽이 터지듯 소란해진다.

배달 스쿠터는 개 짖는 소리에 겁먹지 않는다. 스쿠터가 보란 듯이 소리를 내며 경사 길을 올라 별장에서 멈췄다. 멀리 별장 현관 등이 다시 켜지며 대문 앞에 선 배달 기사의 실루엣이 드러났다. 그리고 마주 서 있는 사람은, 그 사람이었다. 틀림없이 그 사람이었다. 팔을 움직이는 모습, 머리를 걷어 올릴 때 자세. 전혀 달라지지 않았다. 내가 기억하는 모습 그대로였다.

봉하 씨는 배달 스쿠터가 어느 집으로 갔는지 물었다.

"못 봤어요."

나는 그 사람 이야기를 하지 않도록 조심했다. 내 입에서 그 사람 이야기가 튀어나오면 무언가 걷잡을 수 없어질 것 같았다.

"우리도 뭐 하나 시킬까?"

"먹고 싶은 거 있어요?"

"피자."

말해 놓고 슬며시 웃는 봉하 씨 얼굴이 어린애 같아 보였다. 주문을 해 두고 접이식 스테인리스 밥상을 솥 근처에 펼쳤다.

"별장 둘째, 외국에 있다가 들어왔다더구만."

봉하 씨가 들은 소문으로는 유학 핑계로 외국에 나갔는데 거기서 사람만 망가졌다고 한다.

"어떻게 망가졌대요?"

"모르지."

"외국 어디로 다녀왔다는데요?"

"호주라더만."

"호주요?"

봉하 씨는 나와 그 사람 사이에 있었던 일을 모른다. 그래서 편하게 별장 이야기를 꺼내는 것이다. 소문에 부모가 그 사람을 이곳에 가둬 두다시피 하는 것 같다고 했다.

"가둔다고 가둬져요?"

"자세한 사정은 모르지."

"쉬러 왔나 보네요."

나는 되도록 아무렇지 않은 듯 말했다.

봉하 씨는 그 사람한테 마음이 쓰이는 모양이다. 봉하 씨는 그 사람이 나한테 친절했다는 걸 기억한다. 포레에 처음 와서 모든 것이 낯설던 나를 챙겨 주었던 고등학생이 바로 그 사람이었다. 하지만 봉하 씨는 그 사람을 잘 모른다.

4

　그 사람을 처음 본 건 중학교 개학식 다음 날이었다. 아침에 포레 정문 앞에서 통학 버스를 타려는데 누군가 뛰어오는 게 보였다. 버스 문을 잡고 기다리다가 이제 됐다 싶어 올라탔다. 그 사람이 버스를 잡아 줘서 고맙다는 인사로 가볍게 고개를 까닥였다. 버스 안에 아이들이 듬성듬성 앉아 있어서 우리는 맨 뒷자리에 한 칸 띄워 앉았다.
　"중1?"
　그 사람이 먼저 물었다.
　"네."
　내가 답하자 그 사람이 피식 웃었다. 내가 존대하는 게 우스워 보인 것 같았다.
　"언제 이사 왔어?"
　"지난달에요."
　"용감하네."

"네?"

"니네 부모 말이야. 이런데서 애 키울 생각을 하고."

"전 좋은데요."

"이런 동네 사는 게?"

"네."

"다른 식구는 없어?"

"할아버지 계셔요."

"누나나 형은 없고?"

"네."

"그럼 이제부터 나한테 형이라고 불러."

"네?"

"싫으면 관두고."

"네."

"묘하네."

"뭐가요?"

"여기 나보다 더 오래 산 애 같아서."

"아, 네."

"내가 저 망할 포레에서 이 학교로 통학하는 첫 번째 학생이었어."

"언제부터요?"

내가 묻자 그 사람은 쓸데없는 대화를 나누었다는 듯이 인상을 찌푸렸다. 그러곤 이어폰을 귀에 꽂으며 냉랭히 말했다.

"이제 조용히 가자."

나는 내가 하지 말아야 할 질문을 한 건가 잠시 생각했지만 금방 잊었다.

그 사람은 일주일에 두어 번 통학 버스를 탔다. 버스를 타지 않는 날은 부모님 자동차나 택시를 이용할 거라고 생각했다.

간혹 아침에 그 사람이 먼저 포레 입구에 나와 있는 때도 있었다. 내가 인사하면 모르는 체하지는 않았지만 처음 봤을 때처럼 먼저 말을 걸어 오지는 않았다. 그 사람은 통학 버스에 어울리지 않았다. 가끔은 어른이 고등학생 역할을 하는 것처럼 어색해 보일 때도 있었다.

그 사람과 마주치는 때는 아침 통학 버스에서뿐이었다. 그 사람은 나한테 별다른 관심이 없어 보였다.

수업을 마치고 곧장 학원으로 가는 일도 점차 익숙해지고 있었다. 친구도 생겨서 함께 가곤 했다. 인근에 있는 여러 학교 아이들이 몰려드는 학원가는 늘 북적였다.

나처럼 주택 단지에 살면 학원에 다니는 건 거의 필수였다. 학원에 다니면 학원가 통합 버스를 이용할 수 있었다. 아침은 물론 밤늦은 시간까지 이 지역 곳곳에 있는 주택 단지 어디든 학원 버스가 데려다주었다.

5월에 학원가에서 그 사람을 봤다. 수업을 마치고 버스를 타기 전에 간식을 먹으러 친구들과 거리에 나선 참이었다. 저 앞에서 그 사람이 혼자 걸어오고 있었다. 아는 체를 하면 실례가 아닐까 생각하는데 그 사람이 먼저 나를 불렀다.

"헤이."

나는 허리를 살짝 굽혔다. 내가 인사하자 곁에 있던 친구들도 덩달아 허리를 굽혔다. 우리는 괜히 멋쩍어서 빨리 편의점으로 들어가려 했다.

"저녁들 먹었어?"

그 사람이 묻자 곁에 있던 친구가 아니라고 대답했다. 그러자 그 사람은 우리한테 따라오라고 손짓했다. 그 사람이 데려간 곳은 신도시에서 가장 유명한 갈빗집이었다. 학원가에 있는 식당이지만 아이들보다 어른들이 많은 곳이었고, 우리끼리 가기에는 너무 비싼 식당이기도 했다.

자리를 잡고 앉으면서 우리는 서로 눈치를 봤다. 다들 '이래도 괜찮은 건가?' 생각하는 것 같았다. 그 사람도 우리 낌새를 알아차렸다.

"이런 데서 혼자 먹기는 좀 불편하지. 형 돕는다고 생각해라."

그 사람 입에서 형이라는 소리가 다시 나와서 놀랐다. 첫날 이후로 우리는 한 번도 말을 섞어 본 적이 없다. 그런데 몇 달 만에 학원가에서 우연히 만나 비싼 갈비를 사 주며 형이라는 말까지 했다. 종잡을 수 없기는 해도 기분이 나쁘지는 않았다.

상이 차려지고 갈비를 굽는 내내 그 사람은 말이 없었다. 내키지 않으면 입을 닫고 있는 성격이라고 생각했다. 어쩌면 한참 후배인 우리한테 선배 노릇을 하느라 그럴 거였다. 내가 한참 어린아이들한테 형 노릇을 하듯이.

그날 그 사람은 학원 친구들 앞에서 내 보호자이기라도 한 듯 굴었다. 갈비를 구워 계속 내 앞에 밀어 주고 눈짓으로 '어서 먹어.' 했다. 마치 함께 갔던 친구들한테 이렇게 경고하는 것 같았다.

'함부로 하면 가만있지 않는다! 알아서들 해.'

친구들은 그 사람을 경계하면서도 나를 부러워했다. 나는 얼떨떨하긴 했지만 별다른 거부감이 들지는 않았다. 그 사람은 같은 포레에 살고, 같은 학교 대선배이기도 했다. 비싼 갈비가 좀 마음에 걸렸지만 걱정까지 할 일은 아닌 것 같았다.

"집에 가냐?"

갈빗집에서 나오면서 그 사람이 물었다.

"수업 하나 더 있어요."

그 순간 나도 모르게 거짓말을 했다. 같이 버스를 타고 집으로 가는 게 부담스러웠는지도 모른다.

"그래. 열심히 하고."

그 사람은 내 어깨를 가볍게 두드리면서 주변을 둘러보았다. 누굴 찾는 것 같았다. 곁에 있던 친구가 불쑥 물었다.

"형은 집에 가세요?"

그러자 그 사람은 여전히 주위를 보며 건성으로 대답했다.

"난 아직 멀었다. 그럼 또 보자."

그러고는 찾으려던 사람을 찾은 것처럼 서둘러 가 버렸다. 우리는 멀어지는 모습을 보며 잠꼬대하듯이 말을 주고받았다.

"무슨 사이냐?"

"동네 형."

"우리 동네에도 저런 형 있으면 좋겠다."

"너 든든하겠다."

"어떻게 저런 형이랑 말을 텄냐?"

"동네에서 학원 버스 타는 게 저 형하고 나 둘뿐이야."

"어딘데?"

"포레."

"아, 거기? 우리 집도 있다."

불쑥 친구들 중 하나인 결이가 반가워했다.

"그런데 왜 한 번도 못 봤지?"

"난 잘 안 가고 부모님은 주말에 가. 텃밭 농사지으셔."

"어느 집인데?"

결이네는 우리 텃밭이 있는 구역의 남쪽 끝에 있는 목조 주택이었다. 동화에 나올 것 같은 집이 결이네라서 좀 놀랐다.

"왜 포레 안 살아?"

"원래는 살려고 했지. 요즘 그 집 때문에 우리 엄마 아빠 걱정이 말도 못 한다. 팔고 싶어도 안 팔린다고 하시더라."

포레에 사는 사람 대부분이 갖고 있는 근심을 결이네 부모님도 안고 있었다.

"야, 근데 우리 이제 걱정 없다."

"뭐가?"

"앞으로 누가 우리 건들면 저 형한테 말하면 되잖아."

"그래, 우리 이제 어깨 펴고 다녀도 된다!"

호들갑인 친구들 앞에서 우쭐했던 것도 사실이다. 아는 사람이 한 명도 없는 학교, 10대 아이들의 들끓는 기운이 넘실거리는 학원가에서 움츠리고 다녔다는 걸 새삼 깨달았다. 공연히 누군가 괴롭히려고 들면 피할 방법도 별로 없다. 트집을 잡히면 조용히 괴롭힘당하는 수밖에 없다. 선생님도, 부모도, 경찰도 해결해 줄 수 없는 일이 있다고 생각했다. 해결된다 해도 언제나 너무 늦다. 그러니 각자 알아서 매 순간 조심해야 했다.

그런데 그 사람이 먼저 우리의 형이 되기를 자처했으니 앞으로 적어도 학원가에서는 누구든 우리를 함부로 건드리지 않을 거였다. 범접하기 힘든 분위기를 풍기는 고2 형을 둔 중1이라니. 그것도 갈빗집에 데려가 저녁을 사먹이는 형이라니. 엄청난 뒷배를 가지기라도 한 것처럼 든든했었다.

5

 금요일 오후가 되면 포레는 소란해진다. 포레 입구로 차가 들어올 때마다 개들이 짖어 대지만 싫은 소리 하는 사람은 없다. 다들 주말의 들뜬 분위기를 반겼다.
 과묵과 수다도 동네 개들이 짖을 때마다 촉각을 곤두세웠다. 부모님 차라는 것을 알아채면 울타리를 넘어갈 기세로 요란하게 날뛰었다.
 부모님은 옷을 갈아입기 바쁘게 텃밭으로 향했다. 사실 봉하 씨가 다 정리해 두어 할 일도 크게 없다. 봉하 씨는 주말에 부모님이 와서 할 일을 남겨 두는 것까지 조절해 가면서 텃밭을 돌본다. 그러니까 풀 뽑기나 약 치기, 거름 주기처럼 힘든 일은 미리 해 두고 수확하는 일만 적당히 남겨 둔다.
 "별장에 누가 왔나 보네."
 어머니가 목장갑을 털고 들어오면서 물었다. 나는 입을 다물었다.

"이번엔 어떤 사람들이래?"

"그 형이 왔대요."

"그 애?"

"……."

"한 5년 만이지?"

내가 별다른 대꾸를 하지 않자 어머니는 다시 물었다.

"인사는 했어?"

"아직이요."

"이제 어른이겠네."

그 말을 해 놓고 어머니는 나를 쳐다보았다. 그 사람 때문에 내 공부가 방해받을까 걱정하는 것 같았다. 내 성적은 중1 때 가장 나빴다. 낯선 동네에서 중학교에 다니기 시작한 걸 감안하더라도 형편없었다. 어머니는 그게 그 사람 탓일 수도 있다고 생각했다.

"걔가 여기 떠났을 때가 지금 우리 현이 나이네!"

어머니가 걱정을 다 털어 내지 못한 듯 아버지를 보며 말했다. 아버지는 그때서야 나를 바라보면서 눈을 찡긋했다. '걱정할 일 없지?' 이런 의미였다. 나 역시 아버지와 똑같이 눈을 찡긋하는 걸로 답했다.

부모님은 그 사람과 나 사이에 있었던 일을 정확하게 알지 못한다. 다만 중요한 시기에 돌아온 그 사람이 나한테 어떤 영향을 미칠까 봐 걱정하는 것이다.

부모님의 걱정은 내 마음을 미묘하게 흔들었다. 내가 당한 일이 가족한테까지 영향을 미친다는 생각 때문이었다. 그런 생각은 그때 처음 들었다.

"부모님은 알아?"

예전에 그 사람이 속삭였다.

"아뇨."

"그래, 모르는 게 좋아. 무슨 말인지 알지?"

그 사람이 한 말이 사실은 수치를 나눌 필요가 있냐는 말이라는 것을 비로소 깨달았다. 그 사람은 안다. 나를 괴롭히는 일이 실은 내 부모님까지 괴롭히는 일이 될 거라는 걸.

"그런데 걔가 왜 돌아왔대?"

그 사람이 이 동네로는 다시 돌아올 수 없을 줄 알았는데 어떤 사정이 생겨 돌아왔냐는 말이었다.

"그 집 사람들 전부 온 건가?"

"거기까진 몰라요."

어머니가 봉하 씨를 바라보았지만 할아버지도 더는 아는 것이 없었다. 포레는 어느 집에라도 사람이 들어오면 환영받는다. 하지만 별장 가족이, 그것도 지독한 문제를 일으키고 도망치듯 떠났던 별장 둘째 아들이 돌아왔다는 건 다른 문제였다.

사실, 그 사람이 연루된 사건이 드러나기 전까지만 해도 동네 사람들은 그 사람에 대해서 잘 몰랐다. 그저 공부에 관심이 없는 고등학생 정도로만 알았다. 뉴스에까지 떠들썩했던 사건의 가해자 중 한 명이 그 사람이라는 게 드러났을 때 포레 주민 중에 놀라지 않은 사람은 없었다.

가장 놀란 사람은 나일 것이다. 나로서도 짐작조차 못 했다. 내가 아는 한 그 사건은 동급생 여럿이 한 친구를 괴롭힌 사건이었다. 누군가 SNS에 피해 사실을 폭로하고 마침내 경찰이 나서서 전말이 밝혀진 사건.

그 사건의 가해자는 다섯 명인데 네 명이 퇴학 처분을 당했다. 그 사람만 자퇴 권유를 받아 다른 지역에 있는 학교로 재입학했다.

그 사람 패거리가 피해자를 괴롭힌 시기는 나와 그 사람이 어울렸던 시기와 겹친다. 되돌아보면 '그날 일'은 내가 그 사람을 믿고 따른 데 있었다. 나뿐 아니라 내 친구도 그 사람을 믿고 따랐다. 귀찮을 법도 한 어린 후배를 챙겨 주고 일종의 보호자 역할까지 해 준 선배이니 가끔은 그 사람이 하자는 대로 해야 한다고 생각했다.

다시 말하면, 그 사람이 지독한 폭행 사건의 가해자라는 게 드러나기 전까지 나는 내가 어떤 처지에 있는지조차 몰랐다. 그 후에도 한동안 깨닫지 못했다. 아니, 알고 싶지 않았다.

6

    결이도 그 사람 소문을 들었다. 결이네는 아직도 포레에 있는 집에 주말에만 와서 텃밭 농사를 짓는다. 결이 부모님과 우리 부모님은 주말이면 모여서 식사도 하고 포레 문제나 농사 이야기를 나눈다. 결이 부모님도 전원생활을 꿈꿨지만 포기했다. 두 가족 모두 같은 꿈을 꾼 탓에 이러지도 못하고 저러지도 못하는 처지라 서로 마음이 통하는지도 몰랐다.
"만났어?"
"그 형은 나 못 봤어."
    늦은 시간이었지만 우리 산을 탔다. 산에 둘러싸인 동네에 살지만 이런 시간에 산속으로 들어가려면 각오를 해야 한다.
    굳이 산으로 올라가 보려는 이유를 서로 말하지 않아도 알았다. 결이도 확인하고 싶었을 것이다. 그 사람이 돌아와서는 안 될 곳으로, 포레로 돌아온 이유를.
    결이와 내가 있는 한 그 사람은 돌아오지 못할 거라고, 우리를 두려워하지는 않아도 적어도 피하기는 할 거라고 생각했었다.
 늦은 오후의 그늘이 드리우기 시작한 산책로를 따라 올라가면서 우리는 그 사람 집이 있는 쪽을 바라보지 못했다. 어쩐지 그 사람이 집 안에서 우리를 보고 있을 것만 같았다. 그 사람은 우리를 알아보고 웃을 거라는 생각이 들었다.
 우리는 산책로 양쪽에 이어진 보호 줄이 끝나는 지점에 이르러서 걸음을 멈추었다. 더 이상 별장이 보이지 않는 곳에 다다라서야 드디어 별장 쪽으로 돌아섰다.
 "우리가 아직 여기 사는 거 알겠지?"
 "모를 리 없지."
 그랬다. 그 사람 아버지는 포레에 여러 택지를 가지고 있고, 별장을 임대하고 관리하러 빈번히 드나든다. 포레가 알려지길 누구보다 바라고 이곳에 대해 누구보다 잘 안다. 포레 주민들과도 스스럼없이 지낸다. 모를 리 없었다.
 "그런데 왜 하필 지금 왔냐."
 "왜 지금이냐니?"
 "1년만 지나면 우리는 대학 가고, 그러면 너도 나도 여기 올 일 드물 거 아냐."
 하긴 그랬다. 대학은 되도록 이곳에서 멀리 떨어진 곳에 지원할 생각이었다. 그건 결이도 마찬가지였다. 우리가 지금처럼 이곳에 아주 사는 게 아니었다면 그 사람이 돌아왔다 해도 이렇게 긴장하지는 않았을 것이다.

"겁나냐?"

"우리도 더 이상 어리지는 않지."

"그건 우리 생각이고. 그 형은 다르게 생각할걸?"

"다르게라니?"

"아직도 우리를 마음대로 할 수 있다고 여길지도 모르지."

산책로가 끝나고 데크도 깔려 있지 않고 보호 줄도 없는 산길을 올라갔다. 오렌지색 석양 아래 어둠이 피어오르고 있었다.

어둠 같은 건 두렵지 않다. 나는 산에서 포레로 이르는 모든 길을 훤히 안다. 학교에서 산을 여럿 넘어 포레까지 오는 길. 반대쪽 산들을 지나 공동묘지로 향하는 길. 그 너머 곰 농장이 있는 골짜기를 과묵과 수다를 데리고 다녔다.

대부분이 그렇듯 알고 나면 별로 무섭지 않다. 내가 그 사람이 돌아왔다는 소식에 긴장하고 두려워하는 건 그 사람을 아직 잘 모르기 때문일지 모른다.

"넌 어떠냐?"

"뭘?"

"저 형이 오라면 오고 가라면 갈 것 같냐?"

"넌?"

그때만 해도 우리는 자신이 없었다. 우리가 아무리 달라졌다고 해도, 그 사람은 우리를 5년 전의 어린애들로 볼 것 같았다.

7

학원 버스 뒤로 택시 한 대가 따라붙었다. 버스가 포레 정문 앞에 멈추자 택시도 멈춰서 기다렸다. 내가 내리고 버스가 떠나자 택시가 기다렸다는 듯이 정문 안으로 들어갔다. 그 짧은 순간에 택시 뒷자리에 앉아 있는 사람과 눈이 마주쳤다. 그 사람이었다. 단번에 알아보았다. 5년 전과 크게 달라진 것 같지 않았다. 고불거리는 파마를 했고, 얼굴 피부색이 좀 어두워진 게 다였다.

그 사람도 나를 보았다. 정확하게 내 눈과 마주쳤다. 하지만 그 사람 눈빛은 건성이었다. 낯선 사람과 마주친듯 무심한 표정이었다.

나는 내가 본 것을 의심했다. 내가 본 게 그 사람이 맞는지, 그 사람이 정말 나를 못 알아본 게 맞는지. 나는 그 눈빛을 이해할 수 없었다. 저녁 무렵이라 명확히 보지 못했다 치자. 내 모습이 5년 전과 완전히 달라졌다고 치자. 그렇다고 해도 나를 아예 못 알아볼 수 있을까? 나와 눈을 똑바로 마주치고도 못 알아볼 수 있나? 포레 정문에서 나를 보고도 정말 모를 수가 있나?

한편으로는 그 사람이 나를 알아보지 못하는 게 다행이기도 했다.

그 사람이 기억하는 나는 어리고 겁이 많았다. 그 사람 앞에서 겁먹고, 두려운 마음을 숨기려고 따르는 척하던 어린 나. 그 사람이 나를 특별하게 여긴다고 믿어야만 했던 나. 그 사람한테 사랑받아야만 안전하다고 믿던 나. 사랑이 약자의 마지막 무기라는 것을 본능적으로 알던 나. 그런 나를 그 사람이 못 알아본 게 다행이라고 생각했다.

"아주 사람을 못 알아본다더만."

봉하 씨가 불쑥 그 사람 이야기를 꺼냈다.

"누가요?"

봉하 씨가 그 사람 이야기를 하는 줄 알면서도 다른 생각을 하고 있던 것처럼 되물었다. 내가 그 사람한테 신경 쓴다는 걸 가족한테 들키고 싶지 않았다. 그래서 그 사람 이야기가 나오면 심드렁하게 반응했다.

"별장 둘째 말이여. 유학 가서 고생을 심하게 했다더만."

봉하 씨도 그 사람이 한 짓을 안다. 알면서도 그 사람 편을 들어 주는 투였다. 큰 잘못을 저질렀지만 외국까지 쫓겨 가 고생을 심하게 했으니 그만하면 되었다는 것처럼 들렸다.

"무슨 고생을 했어요?"

묻자 봉하 씨가 과묵을 쓰다듬던 손으로 수다를 당기며 말했다.

"거기까진 모르겠다만 사람도 못 알아보는 걸 보니, 자기 앞가림이나 하려는지."

"부모가 앞가림해 주겠죠."

그 사람이 몇몇 친구들과 함께 동급생을 오랫동안 괴롭힌 일이 발각된 뒤에도 그 사람만 퇴학을 당하지 않았다. 일이 터지자 자퇴하고 서울에 있는 학교로 재입학해 거기서 졸업했다. 그리고 유학까지 떠났다. 이 지역에서 떠나는 것으로 사건이 마무리된 게 그 사람 부모가 영향력을 발휘한 결과라는 사실을 알 사람은 다 알고 있었다.

냉정한 말인 줄 알았지만 고치지 않았다. 봉하 씨도 평소처럼 못된 말 하면 못된 생각이 들어차고, 그러다 보면 못된 행동으로 이어진다는 소리는 하지 않았다. 대신 이렇게 말했다.

"다 컸으면 자기 앞가림은 할 줄 알아야지."

"어떻기에 앞가림 걱정까지 해요?"

"기억을 못 한다더만."

"무슨 기억을요?"

"어릴 때 기억만 겨우 한다던데."

"어릴 때 언제요? 여기 살 때 기억은 한대요?"

봉하 씨도 더는 모른다고 했다. 다만 그 사람 아버지가 포레 주민들한테 전하기로는 호주에서 유학하면서 좀 거칠게 놀았다고 한다. 그 사람 아버지가 말한 '거칠게'가 어떤 의미인지는 짐작만 할 뿐이다. 아무튼 그 사람은 호주에서 죽이 맞는 친구들과 자동차로 대륙을 횡단하려고 했다는데, 그 과정에서 어떤 사고를 당했고, 그 뒤로 기억을 잃었다고 한다. 사고 소식을 듣고 데리러 가서 보니 그 사람은 자기가 왜 호주에 있는지도 모르더란다.

"그럼 혹시, 기억을 되찾아 주려고 포레에다가 데려다 둔 거래요?"

"그렇다고는 하더만."

그 사람은 중학교에 입학하면서부터 포레에서 살았다. 그전에는 인근에 있는 오래된 동네에 살았다고 들었는데, 지금 그 동네에는 작은 공장들이 대부분이다. 거주하는 주민은 몇 없고, 휴일이 되면 들개와 공장을 지키는 개, 고양이들뿐이다. 어릴 때라면 그 동네에 살 때를 기억한다는 건가?

그런 걸 따지기 전에 먼저 의심부터 들었다. 정말로 기억을 잃은 건가. 아니면 잃은 척하는 건가. 우리가 모르는 사정 때문에 포레에 살 수밖에 없는데, 그러자면 기억을 잃었다고 하는 게 편하겠다고 판단한 건가? 자기 잘못은 다 잊었으니 시비 걸지 말라는 걸 수도 있다. 기억을 잃은 척하는 일쯤은 범죄자 취급받는 일에 비하면 쉬울 것이다.

하지만 포레 정문에서 나와 눈을 마주치고도 그렇게나 무심했던 걸 보면 정말 기억을 잃었을 수도 있다고 생각했다.

"아주 기억이 없는 건 아닌 모양이더라."

"왜요?"

"저녁이 다 되어 산에 오르더만. 나는 몰라보는 것 같더만."

"저녁에 혼자요?"

아무리 여름이어도 오후 다섯 시가 넘으면 포레 사람들은 혼자 산에 올라가지 않는다. 산에는 어둠이 빨리 내리기 때문에 내려올 시간을 가늠하고 올라야 한다. 다섯 시는 늦다. 과묵과 수다를 데리고 산을 타도 오후 세 시가 넘어가면 마음이 급해진다. 게다가 동쪽으로 이어진 산길은 그늘 때문에 오후로 접어들면 벌써 어둡다. 산으로 둘러싸인 지역에서 태어나 자란 그 사람이 그걸 모른다면 기억을 잃었다는 말이 맞을 수도 있다.

반대로 그 시간에 혼자 산에 올라간 걸 보면 기억을 잃었다는 말은 거짓일 수도 있다. 내가 아는 한 그 사람은 '혼자' 산에 가는 걸 두려워하지 않는다. 한밤에도 주저하지 않는다. 그러니 그 사람이 정말 기억을 잃었는지는 좀 더 두고 봐야 했다.

"내려오는 건 봤어요?"

내가 묻자 봉하 씨는 약간 놀라는 것 같았다. 아마도 봉하 씨는 그 사람이 산에서 내려오는 모습을 확인하지 않은 걸 자책하는 모양이었다. 산에 오르는 것만 보고 내려오는 걸 보지 못했다면 사고가 났을 확률도 있다.

"여러 사람 걱정시키네요."

"그게 아녀."

"그럼 왜요?"

"사람은 몰라봐도 땅은 기억하는 모양이구먼. 그래. 그게 사람이지. 정신은 잊어도 몸은 잊지 않아."

봉하 씨가 중얼거렸다. 하지만 나는 기억은 사라져도 몸은 잊지 않는다는 말을 이해할 수 없었다. 그래서 되물었다.

"할아버지를 정말 몰라봤어요?"

봉하 씨가 텃밭에 있을 때 그 사람이 기단 위 철제 담장에 바싹 붙어 서서 내려다보고 있더란다. 분명 정확하게 내려다보고 있었는데 전혀 알아보지 못하는 것 같았다고 했다. 물끄러미 바라보는 그 표정이 너무 낯설어 봉하 씨도 순간 모르는 사람이라는 착각이 들 정도였다.

8

"기억을 잃었다면 우리도 해방되는 거 아냐?"

결이가 그런 말을 한 까닭을 알 것 같았다. 차라리 그 사람이 예전 일을 모두 잊었기를 바라는 마음이 나한테도 있었다. 그 사람한테 기억이 없다면 우리는 우리 기억만 상대하면 된다.

"그런데 기억 잃었다는 말, 믿어지냐?"

"그러게."

정말 잊은 것인지, 잊은 척하는 것인지. 아니면 잊고 싶은 기억이나 잊어버리면 편한 기억만 잊은 것인지. 그걸 확인하고 싶었다.

저녁 산책이 좀 늦어져서 랜턴을 들고 나섰다. 불빛을 쏘면서 걸으니 과묵과 수다가 신이 났다. 포레는 5년 전이나 지금이나 별로 달라진 게 없다. 처음 이사 왔을 때만 해도 집들이 금방 들어차고, 친구도 여럿 생길 줄 알았다. 그런데 포레에 학교 다니는 아이가 있는 집은 지난 5년 동안 우리 집뿐이었다.

애 있는 집.

포레 사람들은 우리 집을 그렇게 부른다. 내가 포레를 떠나도 우리 집은 그렇게 불릴 것이다. 우리 가족이 포레를 떠나고 나면 '애 있던 집'으로 불릴지 모른다.

내가 오기 전에는 그 사람과 그의 형이 포레의 둘뿐인 아이들이었다. 그 사람 형이 대학 때문에 포레를 떠나자 그 사람이 유일한 아이였다. 내가 올 때까지.

*

예전에 그 사람과 나는 둘만의 신호를 주고받기까지 했다.

"야, 밤에 내가 신호하면 올라와."

"무슨 신호요?"

"니네 2층에서 우리 집 보이지?"

"네."

"내가 랜턴 쏠게. 성능 좋은 걸로 새로 샀거든."

"시간은요?"

"내킬 때. 아무 때나."

"못 보면요?"

"그럼 할 수 없고."

그 제안은 나를 들뜨게 했다. 내 방은 2층에 있는데 뒤쪽으로 난 작은 창으로 별장이 보인다. 만일 우리 집 뒤에 다른 집이 들어섰다면 보이지 않았겠지만 그 터는 지금까지 비어 있다.

아무튼 그날 저녁부터 나는 뒤창으로 별장을 확인했다. 책상을 아예 창 아래로 옮겨 놓고 잠자리에 들기 전까지 수시로 확인했다. 하지만 거의 열흘이 지나도록 별장에서 랜턴이 깜박이는 것을 보지 못했다.

그러다가 어느 날 불빛을 보았다. 별장은 어둠 속에 묻혀 있는데 2층에서 불빛이 깜박이고 있었다. 랜턴 신호였다.

나는 몰래 집을 빠져나와 랜턴 빛을 향했다. 내가 올라가는 사이에도 불빛이 계속 신호를 보내고 있었다. 마치 내가 올라오는 모습을 살피고 있다는 듯이.

하지만 막상 대문 앞에 서자 초인종을 누를 수 없었다. 이래도 되는 걸까? 초인종을 누르면 그 사람 가족들이 알게 될 텐데. 미리 허락도 받지 않고 방문해도 되는 건가. 그런 생각을 하고 있는데 덜컹 대문 열리는 소리가 났다. 대문 안으로 들어서자마자 그 사람 목소리가 들렸다.

"현관문 열려 있다."

2층에서 그 사람이 내려다보고 있었다.

"아저씨 아줌마는요?"

내가 조심스레 묻자 그 사람이 피식 웃는 듯했다.

"겁먹지 마라. 나 혼자다."

나는 그 사람이 안내한 대로 현관문을 열고 안으로 들어갔다. 센서 등이 밝혀지자 2층으로 오르는 계단부터 찾았다. 계단을 오르면서 내려다본 거실은 물건들로 꽉 차 있었지만 텅 빈 것처럼 느껴졌다. 쓸데없이 넓어서 그런 것 같았다. 그때가 6월쯤이었는데 한기가 도는 거실이었다.

"야, 재능 있네."

2층에 올라서자마자 그 사람이 그런 말을 던졌다.

"무슨 재능이요?"

그 사람이 나를 물끄러미 쳐다보면서 이렇게 답했다.

"너, 나중에 스파이 같은 거 하면 잘하겠다."

그 사람이 나의 어떤 점을 보고, 무슨 의미로 그런 말을 했는지 몰라서 아무 말도 하지 않았다. 하지만 그 사람 어투가 나쁘게 들리지 않아서 신경 쓰지 않았다. 그리고 '스파이'라는 말이 어쩐지 마음에 들기까지 했다. 은밀하고 신비하고 위험한 직업. 그런 일에 재능이 있다는 말이 싫지 않았다.

"랜턴 몇 번 줬는데 오늘 처음 봤네?"

그 사람이 투정하는 투로 말했다. 내가 피식 웃자 그 사람이 내 어깨를 툭 건드렸다.

"이 넓은 집에 나 혼자 있다."

"아저씨 아줌마는요?"

그 사람 형은 기숙사에 있다는 걸 알고 있어서 묻지 않았다.

"나만 매일 집 지킨다. 내가 개도 아니고."

그 사람은 말을 해 놓고 내 눈치를 보았다. 왜 내 눈치를 보는 건지 알 수 없었지만 신경 쓰지는 않았다.

"그런데 왜 형네는 개를 안 키워요?"

"돌봐 줄 사람이 없잖냐."

그 사람이 나를 2층 발코니로 이끌었다. 폭이 좁은 발코니는 사람이 들어설 만한 곳이 아니다. 꽃 화분이나 올려 두라고 만든 장식 같은 거다. 별장 전면에서 유일하게 밖으로 돌출된 부분이 그 발코니였다. 별장은 박공지붕을 올린 커다란 직사각형 건물이다. 현관문과 주방 뒷문을 잠그면 그대로 갇힌 공간이 된다. 그런 집 안에서 유일하게 한 발 밖으로 나갈 수 있는 곳이 바로 2층 발코니였다.

"좁냐?"

"무너질 거 같아요."

내가 발코니 걱정을 하자 그 사람은 저 아래나 보라고 턱으로 가리켰다. 둥근 사다리꼴인 포레에서 불을 밝힌 집은 얼마 없었다. 정문 밖으로 국도변 가로등을 따라 자동차 한 대가 멀어져 가는 모습을 보고 있자니 뭔가 아쉬웠다. 그때 내가 왜 아쉬운 마음이 들었는지 모른다. 그 차가 포레로 들어오지 않고 가 버려서 그랬을 수도 있다.

"야. 우리 재미있는 거 할까?"

그 사람이 말한 순간 내 전화기가 울렸다.

"아버지예요."

전화를 받으려고 거실로 들어섰다. 내가 전화기를 귀에 대자 그 사람이 내 곁에서 몇 발짝 떨어졌다. 아버지는 집 안에 내가 보이지 않아 전화한 거였다. 어디 있는 거냐고 물어서 바람 쐬러 나왔다고 하자 아버지도 나오겠다고 했다.

"가 봐야겠어요."

아버지한테 별장에 있는 걸 들키기 싫었다. 쓸데없는 잔소리를 들을 것 같았다. 그 사람도 그런 생각을 한 모양이었다.

"여기 온 거 비밀이다."

그 사람이 먼저 그렇게 말해 줘서 마음이 가벼웠다. 1층으로 내려가는 중에 그 사람이 다급하게 명령하듯 말했다.

"앞으로도 이렇게 하는 거다. 전화 말고."

그 사람이 그런 말을 한 건 며칠 전에 있었던 일 때문일 것이다. 그날은 결이도 포레로 오는 날이라 같이 학원 버스를 타려다가 그 사람을 만났다. 그 사람은 결이와 나를 학원가에서 좀 떨어진 곳에 있는 중식당으로 데리고 갔다. 식사를 마치고 나와서 우리는 좀 충동적으로 산에 오르게 되었다. 밤에 산에 오르면서 서로 전화번호를 트게 되었다.

그날 알게 된 전화번호로 내가 자주 연락할까 봐 랜턴으로 소통하자고 한 것 같았다. 중1짜리와 어울리는 고2라면 할 만한 경계라고 생각했다.

별장 대문 밖으로 나오자 아버지가 랜턴을 들고 저 아래에서 오고 있는 게 보였다. 아버지 뒤로 봉하 씨가 수다를 데리고 천천히 걸어오는 것도 보였다. 그 모습을 보니 공연히 마음이 놓였다. 넷이 포레를 한 바퀴 돌아 다시 집으로 돌아오는데 그 사람이 내려다보고 있는 것만 같았다.

*

그 사람이 기억을 잃었다면, 그날 밤 산책하는 우리를 내려다보며 서 있던 일도 모두 잊었을 것이다. 하긴 나도 잊고 있었다. 이렇게 떠올려야만 한다. 모든 기억은 그럴 것이다. 필요에 의해, 자극에 의해 떠올려지는 게 기억인지 모른다.

별장은 여전히 어둠에 묻혀 있었다. 어쩌면 집 안에 아무도 없을지 몰랐다. 나는 랜턴을 별장 쪽으로 올렸다. 그 사람과 함께 서 있던 발코니로 천천히 빛을 옮겼다. 그리고 발코니에 빛이 닿은 순간, 누군가를 보았다. 그 사람이었다.

순간 나는 랜턴을 껐다. 그 사람은 발코니에 나와서 아래를 살펴보는 것 같았다. 나는 담장에 바짝 붙어 몸을 숨기려고 했지만 수다가 갑자기 요란하게 짖으면서 뛰기 시작했다. 수다가 뛰자 과묵도 따라 뛰었고 팽해진 줄에 이끌려 나도 뛸 수밖에 없었다.

집에 오자마자 내 방으로 올라가 뒤창을 열었다. 멀리 어둠에 묻혀 있는 별장, 주변에 밝혀진 가로등 때문에 더욱 어두워 보이는 별장이 거기 있었다. 과묵과 수다가 떤다고 해서 내가 제어하지 못할 건 없었다. 그런데도 나는 집까지 뒤도 한번 돌아보지 못하고 달렸다.

그 사람이 정말 기억을 잃었다면 나를 알아볼 리 없었다. 그런데도 나는 수다가 짖는 순간 그 사람이 나를 알아볼까 봐 겁을 먹었다. 여전히 나는 그 사람을 두려워하고 있었다.

그날부터 밤이면 뒤창으로 별장을 자주 확인했다. 만일 그 사람이 기억을 잃은 게 거짓이라면 랜턴 신호를 보낼 수도 있다는 생각이 들었다. 내가 쏜 랜턴 불빛에 놀랐으니 신호를 기억해 냈을지도 몰랐다. 하지만 일주일이 훌쩍 지나도록 신호 같은 건 없었다.

밤이면 별장 실내에 불이 밝혀지기도 했지만 그 사람이 보이지는 않았다. 그 사람은 정말 기억을 잃은 걸 수도 있다.

기억을 잃었다면 그 사람을 두려워할 필요가 없다.

그 사람은 나를 모른다. 나를 기억하지 못한다. 하지만 나는 그 사람을 안다. 상대는 나를 모르고, 나는 상대를 아니 칼자루는 내가 쥐고 있다. 그러니 그 사람과 마주친다 해도 두려워할 필요가 없다.

9

 금요일이면 약속이나 한 듯 사람들이 포레로 모인다. 주말에 늘 오던 사람이 오지 않거나, 평소보다 사람들이 적게 오면 어쩐지 실망하게 된다. 유난히 사람들이 많이 오는 주말이면 포레가 안전하다는 기분까지 든다. 지금까지도 그렇다.
"오늘 무슨 일 있어요?"
 포레가 유난히 분주한 것 같아서 봉하 씨한테 물었다.
"별장에서 모인다는구만."
"무슨 일로요?"
"가 보면 알 테지."
 봉하 씨가 아는 건 그 사람 아버지가 포레 입구에 파손된 도로를 정비해 주겠다고 나섰다는 거였다. 하지만 그 일을 알리려고 주민들을 저녁 식사에 초대할 필요까지는 없어 보였다. 다른 일이 더 있을 것 같은데 봉하 씨도 모르겠다고 했다.
"너도 꼭 오라더만."

나도 꼭 오라는 당부를 받았다고 했다. 나뿐 아니라 결이도 함께 보자고 신신당부하더라고 전했다.

"우리는 왜요?"

봉하 씨도 그 이유까지는 모른다고 했다. 다만 포레 사람들이 많이 모이는 주말에 날짜를 잡고 나와 결이까지 꼭 오라고 한 걸 보면 뭔가 중요한 일이 있지 않겠냐 했다.

별장 대문 앞에 냉장 탑차와 승합차가 보였다. 마당에 설치된 흰 천막 아래로 플라스틱 의자들과 식탁, 뷔페식 요리들이 준비되어 있었다. 사람들 불러 고기나 굽는 단순한 식사 자리가 아닌 것 같았다.

별장에서 파티가 열리는 게 낯선 풍경은 아니었다. 예전 파티와 다른 점은 음악이 없다는 것뿐이었다. 사람들은 뭔가 의아하면서도 들뜬 표정이었다.

"와, 대체 무슨 일이냐?"

결이는 별장에 처음 들어와 봤을 것이다. 내가 아는 한 그렇다. 결이도 그 사람과 나 사이를 자세하게는 모른다. 그저 우리 둘이 함께 겪었던 일을 통해서만 추측할 뿐이다. 자신이 아는 만큼만 나도 안다고 생각할 것이다.

"너도 처음이냐?"

자리를 못 잡고 서 있는 것처럼 보였는지 결이가 물었다. 사실 나는 그 사람을 찾고 있었다. 자기 집에서 이런 행사가 열렸으니 창으로라도 한 번은 내다볼지 몰랐다. 어쩌면 마당으로 나올지도 몰랐다.

그 사람 아버지가 사람들 사이를 돌아다니면서 음식을 권하고 술도 권했다. 포레 사람들은 모처럼 생긴 화려한 저녁 식사 자리에 만족해 긴장을 푼 것 같았다. 별장에서 낯선 사람들이 떠들썩하게 여는 행사를 구경만 하면서 알게 모르게 쌓였던 불만이 농담으로 터져 나오기도 했다. 분위기는 금세 왁자해졌다.

집에서 이렇게 큰 행사가 있는데 그 사람은 그림자도 비치지 않았다. 날이 저물어 가는데 실내에 불이 밝혀지지 않는 걸 보면 집 안에 없는 것 같았다. 집 안에 없다면 그 사람은 지금 어디 있는 걸까?

천막 테두리를 두른 알전등이 밝혀지자 사람들이 웅성거렸다. 분위기가 일시에 바뀌며 여기저기서 탄성이 터졌다. 순간적으로 들뜬 공기 속에 그 사람 아버지가 일어섰다.

"아, 어."

자세를 잡으면서 마이크를 쥔 것처럼 입을 열었다. 그동안 집을 펜션처럼 돌리면서 주민들한테 불편도 끼치고 신세도 졌는데 이제야 이런 자리를 마련하게 되었다는 말로 시작해서 앞으로는 외부 사람한테 집을 빌려주지 않겠다고 알렸다.

"이제부터 우리 둘째가 살 겁니다."

'우리 둘째'라고 하면서는 울음을 삼키는 듯 잠시 말을 멈추더니 그간의 사정을 풀어 놓았다. 봉하 씨한테 들은 바로 그 사정이었다. 유학 가서 공부에 매진하다가 몹쓸 사고를 당해 기억을 잃고 돌아온 아들을 지켜봐야 하는 심정이 매우 힘들다고 하면서 자꾸만 굽는 어깨를 몇 번이나 다시 폈다.

"우리 한상이…… 이한상."

그 사람 아버지는 목소리를 가다듬고 아들이 한때 철부지 노릇도 많이 했지만 앞으로는 착실하게 살려 하니 많이 도와주시고 격려해 달라고 말을 이었다. 그리고 사람들에게 겸손하게 허리를 굽혀 보인 다음 재빠르게 현관 쪽으로 걸어갔다. 그 사람 아버지는 문을 열어젖히더니 안에 있는 누군가를 채근하는 것 같았다. 손에 이끌려 나온 건 그 사람이었다.

그 사람은 새로 태어난 아이처럼 해맑은 얼굴이었다. 순진하기까지 한 눈빛으로 쑥스러워 어쩔 줄 몰라 했다. 하지만 나는 알았다. 그 사람의 습관, 뭔가 긴장했을 때 머리칼을 들쑤시는 습관은 그대로였다. 그 걸음걸이도 그대로였다. 일정하지 않은 발걸음. 어딘지 껄렁하지만 아주 상스럽지는 않게 내딛는 걸음과 팔을 흔드는 궤적. 그 사람의 몸은 예전 그대로였다. 정신은 기억을 잃어도 몸은 기억하고 있었다.

"잘 부탁드립니다."

목소리도 역시 그대로였다. 그 순간 나는 그 사람이 모든 기억을 잃었을 리 없다고 생각했다. 만일 정말 기억을 잃은 거라면, 그건 잃어버린 게 아니라 덮어 버린 걸 테였다. 떠오르지 못하도록 눌러 버린 것이다. 그 목소리, 그 몸짓은 변함이 없는데 기억만 사라졌다는 게 이상했다.

"아, 저기 특별히……."

그 사람 아버지가 불쑥 나와 결이를 가리켰다.

"이 포레에서 귀하디귀한 두 학생이 우리 한상이를 많이 도와줄 거라 기대합니다."

자기 아버지 곁에서 그 말을 듣고 있는 그 사람은 결이와 나를 전혀 알아보지 못하는 것 같았다. 불과 며칠 전 포레 입구에서 마주쳤을 때 본 그 낯선 표정이었다. 그 사람 아버지가 그 사람 귀에 대고 무슨 말인가를 속삭였다.

그 사람은 아버지에게 등 떠밀려 우리 쪽으로 걸어와 결이와 나에게 고개 숙여 인사했다. 엉겁결에 합석하게 되었지만 기분이 상하지는 않은 표정이었다.

"여기서 나를 제일 잘 알 거라던데 사실입니까?"

고장 난 듯한 미소도 이상하고, 난데없는 존대도 이상하고, 질문도 이상했다. 어쩌면 아버지가 하라는 대로 하는 걸 수도 있었다. 우리가 어색해하는 걸 느꼈는지 그 사람은 존대는 집어치우겠다는 듯 손을 허공에 휘저었다. 결이가 약간 비웃듯이 답했다.

"우리 예전엔 친했어요."

그 사람은 그 말을 하는 결이 표정을 놓치지 않았다. 그 눈빛에 일순 날카로운 기운이 어렸다. 내가 그 사람을 빤히 쳐다보자 그 사람은 뭔가 들킨 사람처럼 어깨를 들썩하더니 일어섰다.

"머리가 좀 아파서 난 이만……."

그 말끝이 익숙했다. 그 사람만의 거만함이랄까, 위협이 긴 꼬리를 감추는 것만 같은 말투. 바로 그 말투 때문에 나는 그 사람이 기억을 모조리 잃었다는 말을 의심했다. 포레에 살았던 기억을 잃었다고 해도 전부는 아닐 것이다. 그 사건과 관련된 기억, 자신한테 불리한 기억만 잊었을 것 같았다. 막 발걸음을 떼려던 그 사람이 나를 보면서 물었다.

"우리 전에 각별한 사이였나?"

순간 당황한 티를 내지 않으려고 애쓰면서 겨우 찾아낸 답은 이거였다.

"형이 우리한테 갈비 자주 사 줬어요."

"그래? 어디서?"

"학원가에 있는 갈빗집요."

"언제 거기 한번 같이 가 볼까?"

결이와 나는 서로를 바라보았다. 멀리서 살피고 있는 그 사람 아버지 눈빛을 보니 뭔가 거절하기 어려웠다. 우리가 우물쭈물하고 있자 그 사람이 먼저 다음 이야기를 건넸다.

"내일 오후에 그 갈빗집에 가 보는 거로 하지."

우리가 답을 하지 않고 있자 그 사람이 다시 말했다.

"기억 잃은 동네 형 좀 도와준다고 생각하면 되지 않을까?"

그 사람 특유의 절실한 말투였다. 꼭 그 말투 때문은 아니었지만 결이와 나는 고개를 끄덕였다.

"좋아. 약속, 한 거다."

그 사람은 기억을 찾는 게 너무 절실하다는 태도로 약속이라는 말에 힘을 주었다. 그러고는 자기 아버지와 눈빛을 주고받으면서 현관으로 재빠르게 걸어갔다. 그 발걸음, 뒷모습은 여전했다. 군중 속에 섞여도 걷는 모습만으로 그 사람을 찾아낼 수 있을 것이다.

10

　낯선 곳에 처음 발을 들이듯 그 사람이 조심스럽게 갈빗집 계단을 올랐다. 문을 열고 실내로 들어서면서는 잠시 머뭇거리더니 고개를 갸웃했다. 뭐가 고개를 갸웃하게 했을까, 궁금했지만 묻지는 않았다.
　"알겠다."
　안내받은 자리에 앉으면서 그 사람이 툭 던지듯 말했다.
　"뭘요?"
　그 사람은 자세를 고쳐 앉으면서 말했다.
　"필요한 사람한테 고기 먹이는 건 기본이지."
　결이와 나는 그 말이 무슨 의미인지 몰라서 답하지 못하고 있었다. 그 사람이 피식 웃으면서 이렇게 이었다.
　"우리 아버지는 비즈니스로 만나는 상대는 무조건 고기를 먹인댔거든."
　"그러면 일이 잘 풀리나요?"

결이가 묻자 그 사람은 입술을 약간 내밀고 생각하다가 답했다.

"고기 먹은 값을 뱉어 내겠지."

"아, 비즈니스!"

결이가 무슨 의미인지 이제 알았다는 투로 고개를 끄덕였다. 그리고 그 사람이 다른 곳을 살피는 사이에 나한테 눈치를 줬다. 5년 전에 먹은 고깃값을 이제 갚아야 할 차례라는 눈치인 것 같았다. 아니면 우리한테 고기를 먹인 게 그 사람한테는 비즈니스였다는 눈치일 수도 있었다.

"그런데, 난 아버지하고 좀 달랐을 거야."

그 사람이 우리 눈치를 알아채기라도 한 듯 말했다. 우리는 그 사람 입에서 나올 다음 말을 기다렸다.

"나는, 필요한 상대가 아니라, 마음에 드는 사람한테 고기를 먹였을 거야. 생각해 보니까 그래. 나는 마음에 안 들면 상대를 안 하는 성격 같거든."

"기억나는 게 있어요?"

"기억을 잃었다고 성격까지 바뀌지는 않겠지, 그렇지?"

그 사람은 고기에 대해 한참 더 설명을 이어 갔다. 5년 전에 우리를 이 갈빗집에 여러 번 데려온 걸 보면 마음에 들어서 그랬을 거라고 했다. 그땐 고등학생이었는데 사업할 일이 있겠냐고, 분명히 우리가 마음에 들었을 거라고 강조했다. 그 사람

말이 거짓처럼 느껴지지는 않았다. 어쩌면 처음엔 내가, 우리가 마음에 들었을 수 있다. 같은 동네에 사는 한참 어린 후배를 학원가에서 보니 반가웠을 것이다. 이제 막 중학생이 된 아이들이 우러러보듯 인사하면 누구든 그럴 수 있다.

식사를 거의 마칠 즈음 그 사람이 턱으로 우리 둘을 가리키며 물었다.

"이제 둘은 뭐 할 거지?"

"우린 학원 수업 남았어요."

"그럼 오늘은 이만하자."

"뭘 이만해요?"

내가 불쑥 묻자 그 사람이 자리에서 일어나면서 말했다.

"기억 찾기 놀이."

들어올 때와는 달리 그 사람은 퍽 익숙한 장소인 것처럼 계산대를 향해 걸어갔다. 그리고 카드를 꺼내는데 우리 뒤에서 누군가 그 사람 이름을 불렀다.

"이한상 맞지?"

분명히 그 사람 이름을 불렀다. 서빙하는 여자 직원이었다. 초록색 앞치마를 두르고 마스크를 썼지만 머리칼을 하나로 틀어 올린 모습이 그 사람보다 어려 보였다. 하지만 우리 또래는 아닐 것이다. 이런 식당에서 아르바이트하려면 스무 살은 되어야 한다.

"맞네. 나 기억하지?"

그 사람은 불현듯 여직원이 쓰고 있는 마스크를 향해 손을 뻗었다. 여직원은 그 사람의 손을 탁 쳐냈다. 다정하거나 반가운 태도와는 거리가 멀었다. 그건 오히려 억하심정을 드러내는 날카로운 태도였다.

그 사람이 내쳐진 자기 손을 내려다보다가 다시 그 여자 직원을 보면서 말했다.

"혹시, 예전에 나 좋아했던 애들 중 하나냐?"

그건 분명 모욕적인 말이었다. 하지만 얼핏 보기에는 직원이 모욕당한 것 같아도 실은 직원이 먼저 그 사람한테 행패를 부린 상황이나 다름없었다. 그리고 우리는 그 사람과 일행이었다. 둘 사이에 어떤 사정이 있건 우선은 그 사람을 이곳에서 벗어나게 해야 했다. 결이와 나는 그 사람을 에워싸고 출입문 쪽으로 이끌었다. 뒤에서 목소리를 높이는 식당 매니저와 변명하는 직원 목소리가 뒤엉켜 따라오다가 뚝 끊겼다.

학원가 통학 버스 정류장에 버스 한 대가 대기하고 있었다. 나는 일부러 그쪽으로 방향을 잡았다. 통학 버스를 보면 뭔가 기억이 떠오를지도 몰랐다. 그 사람은 나보다 먼저, 나보다 더 많이 이 통학 버스를 이용했다. 그러니 통학 버스를 보면 뭐라도 기억날지 몰랐다.

그 사람은 우리가 이끄는 대로 따라 걷다가 통학 버스 정류장 가까이에서 문득 물었다.

"혹시 내가 이 바닥에서 나쁜 놈으로 통했었나?"

결이와 내가 서로 표정을 살피자 그 사람이 자조적인 목소리로 뒤이어 물었다.

"좀 전에 그 식당 직원, 너희 둘하고 아는 사람인가?"

"아니요."

"그럼, 나하고 아는 사람이었나?"

"몰라요."

결이와 나는 동시에 그렇게 답했다. 그 사람은 통학 버스를 흘깃 보면서 다시 물었다.

"아무래도 내가 잘못한 게 많은 모양이지?"

하지만 그 사람 표정은 한가해 보였다. 마치 남의 잘못을 평가하는 투였다. 그런 식으로 묻는 질문에 어떤 대답도 할 수 없었다. 사실, 그 사람은 우리한테 친절했다. 그리고 내가 알기로 그 사람이 이 학원가에서 특별히 어떤 취급을 받지는 않았다. 그 사건이 드러나기 전까지는 학원가의 수많은 학생 중 하나일 뿐이었다.

도리어 그 사람은 우리한테 든든한 선배였다. 적어도 이 학원가에 우리와 그 사람을 아는 사람은 모두 그렇게 생각했을 게 틀림없다. 그 사람 때문에 우리는 이 학원가에서 아무도 시비 걸지 못하는 상대였다.

그 사람이 저지른 일이 밝혀지고 이곳을 떠난 뒤 우리는 그 사람과 한패라는 오해를 받기도 했다. 하지만 우리도 피해자였을 수 있다는 이야기가 더 빨리 퍼졌다. 그런 눈치마저도 오래가지는 않았다. 학교와 학원가에서 일어나는 온갖 사건 사고들이 우리 일을 덮었다.

"둘한테도 내가 나쁘게 군 적 있나?"

그 사람이 묻자 결이가 이렇게 답했다.

"특별히 그런 적은 없는 거 같은데요."

나는 결이가 왜 그런 답을 했는지 생각했다. 어쩌면 결이는 기억을 잃은 상대 앞에서 예전 일을 들먹일 기분이 들지 않았을 수도 있다.

"아, 역시 내가 좋은 사람은 아니었나 보네."

그 사람 입에서 그 말이 튀어나왔을 때 나는 당황했다. 그건 내가 해 줘야 할 말이었다. 아무리 기억을 잃었어도 결코 좋은 사람이 될 수는 없다고. 하지만 그 사람 표정을 보면서 어떤 의미로 그 말을 한 건지 짐작했다. 그 말은 그 사람 나름의 겸손이었다.

"하지만 말이야. 모든 관계는 속사정을 따져 봐야지. 나도 모르고, 너희 둘도 모르는데, 내가 나쁘다는 걸 어떻게 알겠어. 그렇지?"

겸손은 그만하면 됐다는 듯 그 사람답게 금세 오만한 태도였다. 멍하게 서 있는 우리를 보면서 그 사람은 답답하다는 투로 이랬다.

"오늘은 이만하자. 난 다른 볼일이 있다."

그 사람은 사거리 택시 승차장 쪽으로 성큼성큼 걸었다. 기분이 상한 듯했다. 어쩌면 갈빗집에서 마주친 직원 때문에 뭔가 떠올렸을 수도 있다는 생각이 들었다. 아니면 통학 버스 때문에 기억의 작은 실마리가 떠올라 당황한 걸 수도 있다.

"전과 다른 것 같긴 하다."

결이는 그 사람 뒷모습에서 시선을 떼지 않았다.

"어떻게 다르냐?"

"딱 짚이지는 않지만 달라. 기억을 잃었다는 게 완전히 거짓말은 아닌 것 같다. 그런데……."

결이는 말을 잇지 않고 우물쭈물하다가 나도 알고 있으라는 식으로 말했다.

"어쩌면 군대 문제 때문에 저러는 걸 수도 있다더라."

"군대?"

"군대 안 가려고 정상 아닌 척하는 걸 수도 있다는 거지."

결이가 어른들한테 들었다는 그 말이 타당할 수도 있다. 그 사람과 부모가 군대 문제를 해결하려고 짜낸 방법이 '기억 상실증'일 수도 있다.

"진짜든 가짜든, 난 다 접어 주려고. 생각해 보면 누구나 한

두 번은 이상하고 억울한 일 당하지 않냐. 나도 그런 경험 했다고 생각하려고. 만일."

결이는 말을 끊었다가 다시 이었다.

"만일 저 형 기억이 돌아온다 해도, 난 이제 상관없다."

"정말 상관없겠냐?"

"이런 일에 신경 쓸 여력이 있냐? 우리가 지금 얼마나 중요한 시기냐. 안 그래?"

결이는 마치 부모님처럼 말했다. 우리가 신경 써야 할 건 입시다. 그걸 잊으면 안 된다. 이 시기에는 해야 할 일을 놓치면 안 된다. 지금은 그게 가장 중요하다는 걸 나도 알고 있었다.

결이는 그 사람이 우리를 공포에 떨게 한 그날 일을 좀 특이한 체험으로 여기기로 한 것 같았다. 그럴 수도 있다. 그 사람은 우리와 좀 특별한 체험을 함께해 보려고 했을 뿐인데 뭔가 틀어진 걸 수도 있다. 결이에게 나한테는 말하지 않은 다른 일이 없었다면, 그렇게 정리할 수도 있다.

하지만 바로 그 점에서 결이와 나는 같을 수 없었다. 나한테는 그 사람과 나만 알고 있는 일이 더 있다.

*

그 사건이 밝혀진 뒤 그 사람은 태어나고 자란 곳에서 쫓겨났다. 나는 그 사람이 이 동네로 돌아오지 못할 것이라고 생각했다. 적어도 포레로는 돌아오지 못할 것이다. 바로 그것이 그 사람에게 치명적인 벌이니까. 다른 사람들은 그게 무슨 벌이냐고 할 수 있지만 나는 저지른 일에 대한 벌을 그렇게 받고 있다고 생각했다.

그런데 그 사람이 포레로 돌아왔다. 나쁜 기억을 모두 잊은 채. 아무 일도 없었던 것마냥 돌아와 우리 앞에 섰다. 그 사람은 나를 몰라본다. 내가 누구인지 모른다.

어떻게 일정 시기의 기억만 잃어버릴 수가 있는지, 하필 포레에 살던 시기의 기억만 사라져 버릴 수가 있는지.

확인해 보고 싶었다. 정말 기억을 잃은 것인지 잃은 척하는 것인지. 결이처럼 지난 일을 접어 두고 더는 펼쳐 보지 않으려면 그 점을 확인해 봐야 했다.

11

 과묵이 또 집을 나갔다. 과묵은 들개의 자식이고, 자기 어미가 근처 산에 있다는 걸 의식하고 있다. 종종 울타리 너머 산속을 쏘다니지만 큰 걱정은 하지 않는다. 하루 또는 이틀이면 집으로 돌아온다. 지금까지 그래 왔다. 수다도 그걸 아는지 과묵이 집을 나가도 그러려니 한다.
 아침부터 밖이 소란스러워 아래층으로 내려왔다. 주말에는 이른 아침부터 동네가 분주하기는 하지만 평소와는 좀 다른 소란 같았다. 봉하 씨 목소리가 꽤 거칠게 들렸다.
 "왜 그러세요?"
 봉하 씨는 내가 알면 안 되는 일이 일어난 것처럼 대답을 피했다. 하지만 그 표정은 어쩌지 못했다.
 "왜요?"
 봉하 씨 뒤를 따라 들어오는 아버지한테 물었다. 답은 봉하 씨가 했다.

"그 집 마당에 개가 죽어 있지 뭐여."

"묵이 들어왔어요?"

과묵부터 확인했다. 봉하 씨도 어제 집을 나간 과묵인가 싶어서 급히 별장으로 올라갔다고 한다. 하지만 과묵은 아니었다. 과묵이 아니라고 해서 다행이랄 수도 없었다. 근처 산에 사는 들개는 거의 안다. 그중에는 과묵이 어미도 있다.

"어떤 갠데요?"

"못 보던 놈이여."

이른 아침에 아버지와 봉하 씨가 텃밭에 나가 있는데 그 사람 아버지가 갑자기 난리를 치더라고 했다. 그 집 마당에 들개 한 마리가 죽어 있는 걸 발견했다는 거였다. 큰돈 들여 잔치까지 열어 줬더니 기껏 이런 식으로 답하는 게 포레 인심이냐고 고함을 쳐서 아침부터 주민들이 모여들었다. 죽은 개를 정원용 손수레에 싣고 텃밭에 나와 있는 사람들을 향해 잘 보라고, 이런 짓을 한 게 누군지 잡히면 절대 가만두지 않을 거라는 엄포까지 놓았다고 한다.

"가 보고 올게요."

내가 나서려고 하자 봉하 씨가 막았다.

"벌써 묻어 줬다."

봉하 씨와 몇 사람이 개를 뒷산에 묻어 주고 내려오는 동안에도 그 사람 아버지는 여전히 큰 소리로 포레 사람들을 원망

하고 있더란다.

"그런 짓을 할 사람이 여기 누가 있어요?"

어머니 말은 포레에는 그런 짓을 할 사람이 없다는 뜻이었다. 모두 그렇게 생각했다. 포레 사람 중 일부러 들개를 죽여서 별장 앞마당에 둘 만큼 성미가 포악한 사람이 있겠냐는 말이다.

"개가 뭘 잘못 먹고 내려온 게 하필 별장일 수도 있겠네요."

어머니 말대로 개가 숲에서 독버섯을 먹었을 수도 있다. 들개들이 갑자기 죽는 이유는 많다. 가지에 찔린 상처가 곪아 덧없이 죽기도 하고, 기생충에 감염되어 어느 순간 갑자기 죽기도 한다.

"독은 아니여."

독을 먹고 죽으면 토하거나 거품을 문 흔적이 있는데 그 개는 그렇지는 않았다는 거다.

"다른 이유가 있을지도 모릅니다."

아버지는 이 일에 뭔가 다른 의도가 있을 수도 있다고 했다. 별장은 평소에 들개들이 잘 드나들지 않는 곳이다. 그 집엔 사료 그릇도 없고, 몸을 숨길 만한 구석도 없다. 그런데 그런 집에, 그것도 마당 한복판에 죽어 있다는 게 이상하다는 것이다.

"개들은 저 죽을 자리를 알다마다."

봉하 씨가 중얼거리자 아버지가 말을 이었다. 더 의아한 것은 동네 사람들을 그렇게나 몰아붙여 놓고는 막상 너무 쉽게 죽은 개를 내줬다는 점이다. 정말로 범인을 밝히고 싶었다면 사체를 그대로 두고 경찰을 불렀어야 마땅하지 않냐고 했다.

봉하 씨는 아버지가 무슨 의미로 그런 말을 하는지 이해하는 것 같았다. 나는 이해되지 않았다. 그래서 재촉해 물었다.

"그럼 무슨 일 같은데요?"

"좀 더 두고 보면 알겠지. 너도 애들 산책시킬 때 주의해라. 산으로 들어가지 못하게 목줄 단단히 간수하고."

봉하 씨는 죽은 개를 봤으니 알 것이다. 포레 사람들은 포레에 드나드는 들개라면 대략 구별해 낸다. 나도 봤다면 알았을 것이다. 그래서 봉하 씨가 더 말하지 않고 입을 닫은 거라는 생각이 들었다.

아침 식사를 마치자마자 수다를 데리고 과묵을 찾으러 나섰다. 수다도 별장에서 들개가 죽은 걸 아는지 잔뜩 긴장했다. 평소에 다니던 길을 따라 위쪽으로 올랐다. 과묵이 오늘까지 안 돌아오면 산으로 찾으러 가야 했다. 예전에도 산에서 찾아 데리고 온 적이 있었다.

텃밭에 사람들이 일하는 게 보였다. 봉하 씨는 이른 새벽부터 일하고 아침 식사를 한 다음 저녁 무렵까지는 텃밭에 나가지 않는다. 하지만 주말에만 오는 사람들은 그렇게 못 한다.

멀리서 사람들이 주고받는 말소리, 새소리, 제초기 돌아가는 소리마저 평화로웠다. 새벽에 소란스러운 일이 있었다는 게 믿기지 않았다.

금방이라도 이 고요함을 찢고 뭔가 튀어나올 것만 같았다.

"왕."

수다가 문득 짖었다. 저 산속 어딘가에 과묵이 있을 수 있다. 그래서 한번 불러 보는 걸지도 몰랐다. 어쩌면 오늘 새벽의 소동을 알고 확인하는 걸까. 죽은 개 때문에 수다도 불안한 걸까. 나도 수다가 바라보는 산 쪽을 같이 건너다봤다.

"컹."

불쑥 산속에서 짧게 짖는 소리가 들렸다. 잠시 후 과묵이 우리쪽을 향해 뛰어오는 게 보였다. 저 멀리 산속에 과묵 어미와 다른 개 한 마리가 서 있었다.

"야, 묵아!"

내가 부르는 소리를 듣자 과묵이 속도를 높였다.

"야, 이 새끼 정말 속 썩일래?"

과묵은 내 곁에 바싹 서서 산을 향해 짖었다. 그러자 산속에서 짧게 응답했다.

나는 과묵이 들개로 살기를 바라지 않지만, 과묵은 내 생각과 다르다는 것을 안다. 그래서 되도록 산책을 많이 시킨다. 그래도 성에 차지 않는지 가끔 산속을 돌아다니다가 온다.

봉하 씨는 과묵이 가출하는 걸 허용하는 기색이다. 그렇게 하지 않으면 과묵이 영영 집에 돌아오지 않을 수도 있으니까.

내가 다시 걷자 수다는 냉큼 앞장섰지만 과묵은 뒤에 남겨 둔 들개들을 자꾸 되돌아보는 것 같았다. 어쩌면 지난밤의 소동을 과묵과 들개들은 아는지도 몰랐다.

별장 대문을 지나 산책로 계단 앞까지 갔다가 되돌았다. 별장은 무슨 일이 있었냐는 듯이 잠잠했다. 앞 담장을 받치는 축대 쪽으로 도는데 그 집 2층 거실에 누군가 서 있는 게 보였다. 그 사람이었다. 잠깐 사이 발코니에 나와 있었다. 검정색 티셔츠를 입은 그 사람이 나를 큰 소리로 불렀다.

"산책하나?"

그 목소리가 너무 정겨워서 그 사람을 처음 만났을 때의 느낌이 불쑥 떠올랐다. 어떤 답을 할 필요는 없다는 생각이 곧장 뒤따랐다. 나는 그저 팔을 한 번 흔들었다.

"오늘 바빠?"

질문이 날아왔다. 나는 다시 팔을 두어 번 내저었다. 바쁘다고 해석해도 그만이고, 한가하다고 해석해도 그만이었다.

그런데 오후 두 시쯤, 그 사람이 우리 집에 찾아왔다. 봉하 씨와 부모님은 주방과 뒤꼍을 오가면서 텃밭에서 수확해 온 작물을 정리하느라 바빴다. 그 사람이 우리 집에 찾아온 건 의외였다. 잔뜩 긴장한 나와 달리 그 사람은 더할 수 없이 해맑은 표정으로 웃었다.

나는 무슨 일로 찾아왔냐고 묻지 않고 쳐다보기만 했다.

"오늘 한가하다 해서 왔어. 나하고 어디 좀 같이 가 줄 수 있나 싶어서. 아, 시간 얼마 안 들어. 길어야 두 시간 정도?"

"어딘데요?"

"어릴 때 나 살던 동네."

그 사람은 어린 시절만 기억한다고 들었다. 그래서 어릴 때 살던 동네에 가 보고 싶은 거라고 생각했다. 하지만 그곳에 왜 나와 함께 가려는 걸까? 나는 선뜻 대꾸하지 않고 있었다. 답은 그 사람 입에서 나왔다.

"혼자 가기 좀 무서워서."

"고향이 무서워요?"

내 말이 좀 냉정하게 들렸는지 그 사람이 뒷 머리칼을 헤집으면서 머쓱해했다. 나는 그 모습을 빤히 바라보았다. 그 사람이 손을 내리면서 말했다.

"기억나서 더 무서운 게 있더라고."

그 사람이 왜 그런 말을 하는지 이해할 수 없었다. 그 동네에 한번 가 보고 싶긴 했다. 어릴 땐 어땠는지 몰라도 지금은 황폐한 공장 지대로 변한 동네를 보고 그 사람이 어떤 반응을 보일지 궁금하기도 했다. 무엇보다 그 사람이 겪고 있다는 기억상실증이 사실인지 아닌지 확인하고 싶었다. 그러려면 같이 시간을 보내 봐야 했다.

12

택시를 불러 타고 15분 만에 도착했다. 일요일이라 공장들이 모두 문을 닫아 동네는 적막했다. 택시 기사가 내려 주면서 우리를 유심히 관찰했다. 그럴 만도 했다. 소규모 공장 지대에 젊은 남자 둘이 내리니 의심스러워 보였을 것이다.

"기사가 묻지도 않네."

"뭐 하러 물어요?"

"보통 인적 드문 곳에 가면 왜 가냐고 묻거든."

"혹시 형을 알아본 건 아닐까요?"

"그런가?"

그 사람은 익숙한 장소라는 듯 거침없이 걸어가면서 두리번거렸다. 그러다가 이런 말을 했다.

"우리가 여기서 무슨 짓을 할지 무서워서 못 물어봤을 거다. 우리 차림새를 봐라. 의심할 만하지."

그랬다. 우리는 맞춘 듯 검은 모자를 쓰고, 나는 운동복, 그 사람은 검정 셔츠에 쑥색 바지 차림이었다. 모르는 사람 눈에는 뭔가 험한 일을 저지르러 가는 차림새로 보일지 몰랐다.

"요즘 젊은 애들은 무서워."

그 사람이 불쑥 말했다. 그러고는 이랬다.

"우리 아버지가 자주 하는 말이야."

"우리도 무서운 애들로 보였겠어요."

내 말에 그 사람은 별다른 반응을 하지 않았다.

앞서가는 그 사람을 따라 마을 안으로 깊숙이 들어섰다. 우리가 지나갈 때마다 개들 짖는 소리가 터져 나왔다. 공장이라면 당직이나 경비원이 있을 테지만 사람 그림자는 비치지 않았다.

"10년 전까지만 해도 이렇지는 않았는데 이젠 지옥이네…… 와…… 잠깐 사이에 여기가 이렇게…… 됐네."

서러움이 치고 올라오는지 말을 삼키는 그 사람 어깨에 잠자리 한 마리가 앉았다. 태어나고 어린 시절을 보낸 마을이 흉흉한 공장 지대로 변한 것을 보면 누구든 그럴 것이다. 잠자리가 날아갔다. 그러자 왠지 그 사람도 개운해 보였다. 감정을 바꾸는 데 성공한 듯 팔을 뻗어 한 집을 가리켰다. 붉은 벽돌로 올린 이층집이었다. 얼핏 이 동네에 어울리지 않을 만큼 좋아 보였다. 하지만 빈집인 것 같았다. 소나무로 빙 둘러친 넓은 마당에 온갖 잡풀이 무성했고 건축 자재 더미가 쌓여 있었다.

"내가 태어난 집이다."

그 사람은 마치 지금도 저 집에 살고 있는 것처럼 안으로 쑥 들어갔다. 그리고 바스러져 가는 데크가 깔린 계단을 몇 개 훌쩍 올라 현관문 도어록에 비밀번호를 눌렀다. 그러자 현관문이 열렸다.

"역시. 내 기억!"

그 사람은 나를 돌아보면서 환호했다. 자기 기억이 맞아서 기분이 좋아진 걸까. 이런저런 말을 두서없이 쏟아 냈다.

이 집이 아직도 자기 아버지 소유라는 것. 팔려고 해도 팔리지 않지만 언젠가 이곳이 신도시 부지에 포함될지도 모른다는 것. 하지만 아버지와 달리 자신은 그런 일에는 관심이 조금도 없다는 것. 자신은 오직 이 집이 천년만년 지금 이대로 남아 있길 바란다는 것.

"아버지가 들으면 날 욕하겠지!"

날 돌아보면서 억지로 주눅 든 표정을 지어 내보인 그 사람은 곧 다시 말을 쏟아 냈다. 이 집에 살 때가 자기 인생에서 가장 행복하고 편안했다는 것. 포레로 옮기기 전까지만 해도 이 동네는 꽤 아름다웠다는 것. 인근에 전원 단지들이 들어서기 시작하면서부터 이 동네 사람들은 흩어지기 시작해 신도시로, 혹은 새로 조성된 전원 단지로 빠져나갔다는 것. 빈집들이 늘어나자 이번에는 동네에 작은 공장들이 들어서고, 공장들이 들어서자 그나마 동네를 지키던 사람들마저 떠나 버렸다고 늘어놓았다.
"결정타는 바로 그 퇴비 공장이 날렸지!"
퇴비 공장이 들어선 뒤부터 온갖 소규모 공장들이 인허가를 쉽게 받았는데, 그때부터 이 동네가 급속도로 공장 단지로 변해 버렸다는 것이었다.
"아, 기분 더럽네."
돌연 그 사람이 상스러운 목소리로 툭 뱉어 냈다. 나는 그 사람이 그런 말투를 쓰는 순간을 알고 있다. 그건 자신을 추스를 때 튀어나오는 말투였다. 습성이 달라진 게 아니라면 그렇다.
2층으로 오르는 계단에 한 발 올렸다가 무슨 동요가 일었는지 몸을 현관 쪽으로 휙 틀었다. 밖으로 나와 마당에 쌓여 있는 폐자재 더미를 보면서 그 사람이 혼자 중얼거렸다.
"흔적조차 없네!"
"뭐가요?"
"기억에는 있는데 실제로는 없어."
그 말이 나왔을 때 나는 반사적으로 물었다.
"다른 건 기억 안 나요?"
그 사람은 무덤덤하게 되물었다.
"다른 어떤 거?"
무작정 묻기보다는 범위를 좁혀 주는 게 나을 것 같았다.

"포레로 이사 가는 날이요?"

포레로 이사 가는 날이라면 아직 이곳에 있을 때이니 기억에 남아 있을 수도 있다. 그 사람이 머리칼을 들쑤시면서 뭔가를 생각하는 듯했다.

"아, 이사 가는 날."

그 사람이 중얼거리면서 골목으로 나갔다. 골목에 나와 서서 뒤따르던 나를 힐끔 돌아보더니 이랬다.

"그 아저씨가 생각나."

"어떤 아저씨요?"

"여기 집도 있어. 그래. 그 아저씨네 집에 한번 가 볼래?"

굉장한 기억이 떠올랐다는 듯이 그 사람은 마을 안으로 뛰어 들어갔다. 어린 시절 기억도 모두 남아 있는 건 아닌 것 같았다. 몇몇 순간들, 그리고 몇 사람이 기억에 있는 걸 가지고 기억한다고 여길 수도 있다. 기억의 조각 하나가 떠올라 저렇듯 환희하는지도 모른다는 생각이 들었다.

그 사람이 멈춰 선 곳은 금방이라도 쓰러져 버릴 것 같은 블록 담장 사이에 겨우 끼어 있는 대문 앞이었다. 담장이 꽤 높아 밖에서 보이는 건 나무 그늘에 뒤덮인 썩은 지붕뿐이었다.

"여기 이 집이야."

그 사람은 문틈으로 안을 들여다보다가 대문을 조심스럽게 밀었다. 쉽게 밀렸지만 30센티쯤 벌어지고는 끝이었다. 벌어진 문틈으로 한쪽 어깨와 발을 들이민 그 사람이 따라 들어오라는 신호를 보냈다.

"야, 이 집이 여태 있어? 이거 뭐, 흉가 탐험하는 기분이네."

그 사람은 들뜬 기분을 감추지 않았다. 뭐가 그 사람을 들뜨게 한 것일까. 허물어졌으리라 짐작하던 집이 남아 있어서인지, 기억에 남아 있는 집이 흉가처럼 변해 버려서인지. 기뻐서 들떴다기보다는 부러 오싹한 기분을 떨치려고 한 쪽에 가까웠을 수도 있었다.

"더 들어가지는 말자."

풀이 우거진 마당 쪽으로 움직이려 하자 그 사람이 잡았다.

"왜요?"

"모르겠냐. 뱀 많다. 귀신같이 알고 이런 집에 똬리 튼다."

"금계화 씨 좀 뿌려야겠네요."

"그런 것도 아냐?"

"전원생활 하려면 이 정도는 알아야죠."

잘 아는 것처럼 말했지만 더 이상 발을 들여놓지는 않았다. 사실 뱀들도 사람을 피한다. 마주치고 싶지 않은 건 뱀이나 사람이나 마찬가지다.

"어떻게 저런 게 지붕 위에 올라가 있냐?"

바퀴 하나가 달아난 자전거와 컴퓨터 본체가 완전한 평화를 찾은 듯이 지붕 위에 뒹굴고 있었다. 사람이 살지 않은 지 꽤

된 것 같았다. 포레에도 방치된 집들이 있지만 이 정도까지는 아니다.

"포레도 곧 이 꼴 날 거 같다."

내 생각을 읽은 것처럼 그 사람이 중얼거렸다. 사실 지금도 포레는 어딘지 아슬아슬하다. 포레에 땅이나 집을 가진 사람들이 기를 써서 이 흉가처럼 되는 걸 겨우 막고 있는지도 모른다. 하지만 누군가 포기하기 시작하면 포레도 순식간에 이 마을처럼 될 수 있다는 생각이 들었다.

"그 아저씨가 살던 집이 여깁니까?"

분위기를 틀어 보려고 여기 온 이유를 상기시켜 주었다. 그 사람이 자기 머리를 가볍게 치는 시늉을 했다. 하지만 기억이 속 시원히 떠오르지 않아 답답해하는 것 같았다. 그게 아니라면 나한테 말해도 될 부분을 편집하는 걸 수도 있었다.

"가자."

그 사람이 다시 대문 밖으로 몸을 빼냈다. 나도 뒤따라 빠져나왔다.

"중요한 사람은 아니야. 그냥 생각났을 뿐."

"그 아저씨 말고 다른 사람은 생각 안 나요?"

"어떤 다른 사람을 기대해?"

"친했던 사람요."

"친한 사람?"

그 사람이 뭔가 떠올랐다는 듯이 되묻기에 나는 순간 기대했다. 어린 시절에 겪은 무서운 일, 두려운 사건, 숨기고 싶은 경험들이 그 사람이 저지른 짓을 변명할 수 있기를 바랐다. 어린 시절 당한 나쁜 일을 해소하려는 발악이 결국 다른 누군가를 괴롭히는 일이 되었다고 이해해 주고 싶었다. 어이없게도 그런 생각을 했다.

"아, 맞아. 오늘 여기 온 목적이 그거였지!"

진지한 내 마음과는 달리 그 사람은 한없이 가벼워 보였다. 뭔가 즐거운 일이 생각난 것처럼 웃음기 어린 표정으로 나를 보면서 전화기를 꺼냈다. 그리고 이렇게 말했다.

"사진 찍는 걸 잊고 있었잖아."

"사진을 왜요?"

순간적으로 나는 휴대폰 렌즈 앞에서 비켜서면서 물었다. 그 사람이 나를 힐끗 쳐다보더니 휴대폰을 내 눈앞에 들이밀었다. 화면에 뜬 앱을 보라는 뜻이었다. SNS에 올릴 사진을 찍어야 한다는 거였다.

생각했다. 그 사람한테 SNS 계정이 있었나? 그 사람과 중학교 입학할 때부터 그해 겨울 초입까지 알고 지냈지만 SNS를 한다는 낌새를 느낀 적이 없었다. 어쩌면 내가 모르는 것일 수도 있겠지만, 나와 SNS에 대해 이야기한 적은 없다.

"계정이 있어요?"

내 질문은 두 가지 의문을 담고 있었다. 하나는 전부터 갖고 있던 계정이라면 거기 올려 둔 사진이나 정보로 잃어버린 기억을 유추해 낼 수 있지 않겠냐는 거였다. 두 번째는 새로 만든 계정이라면 이제부터라도 열심히 사진이나 정보를 올리면서 기억을 관리하겠다는 뜻이냐는 거였다. 그 사람 답은 이랬다.

"넌 없어?"

얼른 답을 못 하고 있자 그 사람이 거의 명령조로 말했다.

"하나 파. 이거 은근히 즐겁다?"

하면서 그 사람이 내 전화번호를 물었다. 알려 주자마자 문자가 왔다. 그 사람 이름과 계정이 적힌 문자였다. 계정을 만들면 자기를 찾으라는 말이 따라붙었다.

그 사람은 다 쓰러져 가는 집 뒤편 우거진 나무에 카메라를 들이댔다. 그 나무에서 떨어진 나뭇잎으로 뒤덮인 지붕에 까맣게 썩어 가는 열매들이 즐비했다.

도로에서 멀어질수록 남아 있는 집들이 많아졌다. 새집이나 마찬가지인 집도 있었다. 이렇게 될 줄 모르고 여기서 오래오래 살려던 누군가의 마음이 집에 붙들려 있는 것만 같았다.

"그런데 왜 그 아저씨가 떠올랐어요?"

"뭘 알고 싶냐?"

의외의 답이었다. 내가 뭔가를 알아내고 싶어 한다는 인상을 받은 모양이었다. 그 바람에 더 물어보기가 조심스러웠다.

채근하면 기억이 움츠러들지도 몰랐다.

한동안 말없이 걷다가 그 사람이 물었다.

"혹시 몽유병 걸려 본 적 있어?"

"몽유병이요?"

"기억 상실증 앓는 사람들이 쉽게 걸리는 병이라던데."

"그래서요?"

내 반응이 의외였는지 그 사람은 어깨를 으쓱했다. 말을 할까 말까 망설이는 듯했지만 말을 이어 나갔다.

"얼마 전에 포레에서 여기까지 왔더라고, 내가. 그것도 새벽에 산길로."

"혼자요?"

"이상한 건 내가 어떻게 포레에서 여기까지 오는 길을 알았냐는 거지."

"몸이 기억하는 거 아닐까요?"

"몸이? 길을 기억해?"

"그런 거 있잖아요. 악기 연주하는 사람들 악보를 머리로만 기억하는 게 아니라 몸도 기억한다고요. 그래서 연주자가 기억을 잃어도 몸이 기억해서 연주한다잖아요."

"그래? 그럼 나쁜 짓 한 것도 몸이 기억하고 있으려나?"

그 사람 입에서 '나쁜 짓'이라는 말이 튀어나와서 당황했다. 나는 그 사람이 잃어버린 기억을 찾을 수 있도록, 그래서 포레에서 도망쳐야 했던 그 사건을, 그리고 나와 있었던 일을 기억하도록 자극하려 애쓰고 있었다. 그런데 그 사람이 먼저 '나쁜 짓'이라는 말을 꺼냈다.

"나쁜 일 많이 저질렀을 것 같아요? 자신이?"

일부러 저질렀다는 말에 힘을 주어 되묻자 그 사람은 잠시 산 쪽을 올려다보다가 말했다.

"나쁜 일 몇 번 안 해 본 사람도 있나?"

너무 천진하고 태연해서 어이가 없었다.

"정말 나쁜 일은 안 하고 사는 사람이 더 많죠."

"나쁜 일은 안 하고들 산다고?"

"그럼요."

"어떤 걸 정말로 나쁜 일이라고 하지? 이를테면?"

그 사람이 저지른 사건이 입술까지 튀어나왔지만 삼켰다. 순진하게 물어보는 그 얼굴로는 자기가 저지른 사건을 감당하기 어려울 것 같았다. 감당도 할 수 없는 상대한테 섣불리 사실을 알려 줄 수는 없다는 생각이 들었다. 자기가 한 일을 온전히 기억할 수 있을 때 감당하게 하고 싶었다. 무엇보다 그 사람이 주장하는 기억상실증이 사실인지 아닌지도 모르는데 함부로 꺼내 놓기 싫었다. 대신 아침에 있었던 일을 들췄다.

"들개를 함부로 죽이거나, 뭐 그런 일 같은 거요."

"아, 그래. 그런 일은 진짜 나쁘지."

그 사람은 죽은 들개가 눈앞에 있기라도 한 듯 인상을 찌푸렸다. 그러고는 치까지 떨었다. 마치 그 들개를 죽게 한 사람을 찾으면 가만두지 않겠다는 듯. 아니면 죽은 들개를 자기 집 마당에 던져 둔 행위에 치를 떠는 것일 수도 있다. 아무튼 반응을 보니 들개 일은 그 사람과는 상관없는 일인 것도 같았다.

마을 끝자락에서 그 사람이 자신에 찬 목소리로 물었다.

"갈 때는 산길로 가 볼까?"

시간을 확인하고, 하늘을 올려다봤다. 이번이 없는 한 여기서 포레까지 산길로 한 시간이면 될 것 같았다.

"할 수 있겠어요?"

묻자 그 사람이 어깨를 뒤로 젖혔다. 나는 이 마을에서 포레로 가는 산길 그리고 반대편 산을 타고 늑대와 타조 농장까지 가는 길, 거기서 H 대학 캠퍼스까지 가는 산길도 훤히 안다. 지난 5년 동안 여러 번 다녀 봤다. 주로 포레에서 출발하는 산행팀과 함께 다녔다. 포레에는 한 달에 한두 번 주말 오전에 산행에 나서는 모임이 있다. 셋 혹은 넷, 그보다 여럿일 때도 있다. 포레에서 출발해 여러 산을 지나 놀이공원까지 가서 산길로 되돌아오거나 택시를 타고 돌아오기도 한다.

내가 산길에 익숙하다는 것을 그 사람이 알건 모르건 상관없었다. 나는 앞서지 않고 그 사람 뒤를 따를 것이다. 그 사람 몸이 정말로 산길을 기억하는지 확인할 것이다.

"그럼 서두르죠."

막상 출발하려니 그 사람이 긴장하는 것 같았다. 사실 사전 준비도 없이 산을 타는 건 주의해야 한다. 하지만 둘 다 가벼운 차림에 전화기를 가지고 있으니 괜찮을 것 같았다. 어쩌면 긴장된 산행에 자극되어 그 사람 기억이 되살아날 수도 있다. 아니면 본심이 드러날 수도 있다. 이 산길에서 어떤 꼬투리가 잡혀 기억이 모두 끌려 나오면 더욱 좋았다.

"오늘은 이만하자."

그 사람이 갑자기 힘들어 보이는 표정으로 돌아섰다. 산길이 감당하기 힘든 것인지, 이끌려 나올 기억이 힘든 것인지는 모르겠다. 내가 얼른 발길을 돌리지 않자 그 사람은 핑계를 댔다.

"집에 누가 오기로 했어."

13

저녁 식탁에서 낮에 다녀온 마을 이야기를 꺼냈다. 봉하 씨한테 그 사람이 기억해 낸 '그 아저씨'가 살던 집에 관해 물었다. 봉하 씨는 이 지역 이야기를 많이 알고 있으니 그 집도 알지 몰랐다.

"뒤에 호두나무 있는 집?"

그 집 바로 뒤에 고목이 있었는데 그게 호두나무인 줄은 몰랐다. 지붕 위에서 썩어 가던 야생 열매 같은 것들이 모두 호두였다는 게 믿기지 않았다.

"그게 호두나무였어요?"

"흉한 소문이 붙은 나무지, 그 나무가."

"어떤 소문이요?"

봉하 씨가 들은 소문은 이랬다. 이 지역에 포레 같은 전원단지들이 난개발되면서 그 마을도 전원 마을로 개발된다는 소문이 돌았다. 하지만 무슨 이유에선지 그 마을은 개발에서 제

외되었다. 시간이 흐르면서 마을에는 작은 공장들이 들어서고 주민들은 새로 조성된 전원 단지로 점차 이주했다. 하지만 이주하지 않고 끝까지 남아 있던 사람들도 있었다. 그 사람들 가운데 한 사람이 나무에 목을 매고 죽었다고 했다.

"그 호두나무에요?"

"그래서 1호 집 주인장이 부랴부랴 이사했다더만."

"삽살개 집 아저씨도 그 동네 살았어요?"

"그 호두나무 집 주인이 여기 1호 집 주인장이구만."

봉하 씨 말은 그 사람이 기억해 낸 '그 아저씨'가 바로 포레 1호인 삽살개 집 아저씨라는 것이다. 삽살개 집 아저씨는 개발이 엎어지고도 그 마을에서 계속 살 작정이었는데 집 바로 뒤에 있는 호두나무에서 흉한 일이 생기자 포레로 이주했다는 것이다.

다른 이야기도 이끌려 나왔다. 봉하 씨도 자세히는 모르지만 별장과 1호 집 아저씨 사이에 묵은 사연이 있어 보인다고 했다.

"무슨 일로요?"

"입 밖에 내지 않으니 그 속은 모르겠고."

그러고 보니 지난 주말 별장에서 포레 주민들을 모아 파티를 열었을 때도 삽살개 집 아저씨는 빠졌다. 당시에는 생각이 미치지 못했는데 되짚어 보니 이상했다. 삽살개 집 아저씨는 포레 일이라면 만사를 제치고 나서는데 사이가 껄끄럽지 않고서야 그런 일에 빠질 리 없었다.

이상한 건 그 사람이 그 아저씨를 기억해 냈다는 것이다. 어릴 때 살던 동네에 가서 기억난 사람이 하필 그 아저씨였다. 그리고 그 집까지 찾아가서 살폈다. 그 사람한테 그 아저씨는 단순히 동네 아저씨만은 아닐 것 같았다. 기억에 남을 만한 경험을 공유하고 있을지 모른다.

호두나무 집 아저씨가 1호 집 아저씨와 동일인이라는 사실을 그 사람은 모르는 것일까. 아무리 되짚어 봐도 그 사람이 1호 집 아저씨를 안다는 낌새가 없었다. 기억을 잃었다는 게 맞을지 모른다는 생각이 들었다.

14

　가끔 나는 지난 일을 제대로 기억하고 있는지 의심해 본다. 그 사람이 포레를 떠난 5년 전 기억 그리고 그 사람과 함께한 몇 개월을 내가 정확하게 기억하고 있나 싶을 때가 있다.
　그 사람과 어울릴 때는 물론 그 사람이 포레를 떠난 직후에도 그 사람이 나한테 의도적으로 나쁘게 굴었다고 생각하지는 않았다. 시간이 지나면서 점차 그때 일을 제대로 인지했다. 내가 또 다른 피해자라는 걸 인정하고 싶지 않았다.
　무슨 오만인지 모르겠지만 그 사람이 나를 괴롭힐 리 없다고 생각했다. 그 착각에서 깨어나는 데 시간이 걸렸다. 그 사람과 어울리는 동안 내가 갑갑해했다는 것을 알았고, 사실은 그 사람과 가까이하고 싶지 않았다는 것을 깨달았다.
　생각이 거기에 미치자 그 사람이 나한테 한 모든 행동과 말을 견뎠었다는 것을 자각했다. 낯선 곳에 적응해야 했던 내게는 보호자가 되어 줄 그 사람한테 의지하려는 계산이 있었다.

나는 그 계산 때문에 그 사람을 견딘 것이다. 그때는 그 사람과 어울리는 게 수치인 줄 몰랐다. 아니, 그 정도 일은 참아야 하며, 아무한테도 알리지 않는 게 의리라고까지 생각했다.

결이와 내가 지금까지 그 사람과의 관계에 대해 입을 열지 않은 것도 바로 그 계산 때문이었다. 그 사람과 가깝다는 사실만으로, 그 사람이 밥을 사 주는 후배라는 사실만으로 우리는 학원가를 편하게 활보할 수 있었다.

그러나 그 사건이 조금만 더 늦게 밝혀졌더라면 나도 결이도 어쩌면 심각한 피해자가 되었을 수 있다. 그럴 확률이 높다. 피해 입을 가능성이 있었다는 것만으로 상대를 미워해야 하나? 일어나지 않은 일을 예측해서 증오할 필요가 있나?

나는 보복 같은 건 생각해 보지 않았다. 그런데 그때 당한 수치가 사라지지 않을 거라는 사실을 문득 깨달았다. 내가 상대를 잊든 못 잊든 수치는 그대로 남아 있다. 똑같은 수치를 되돌려주지 않는 한. 아니 더 심한 수치를 돌려준다 해도 사라지지 않을지 몰랐다.

그 사람이 어릴 때 살던 마을에 다녀온 뒤부터 나는 그 사람에 대한 미움을 접어야 한다고 생각했다. 결이처럼 털어야 한다고 생각했다. 사실 우리가 당한 일은 그 사람이 이 지역에서 쫓겨난 사건에 비하면 아무것도 아니었다. 그리고 우리 일은 우리가 자초한 것이기도 했다.

2장

너
에
게

15

포레에 있는 여러 텃밭이 조금씩 망가졌다. 산에서 내려온 개들이나 멧돼지 짓은 아닌 것 같았다. 들개나 멧돼지라면 먹이를 노렸을 것이다. 하지만 열매나 뿌리를 파내 간 것 같지는 않았다. 누군가 일부러 뿌리를 파헤치고 작물을 훼손한 거라고들 했다. 다들 말은 하지 않았지만 사람들은 이번에도 별장을 의심했다.

열흘이 넘도록 그 사람은 그림자조차 드러내지 않았다. 나뿐 아니라 다른 포레 주민도 그 사람을 못 봤다고 했다. 포레에 그 사람이 살고 있는지조차 알 수 없었다.

수다와 과묵을 데리고 밤 산책을 하면서 별장을 살폈지만 집 안에 누군가 있다는 기척조차 없었다. 다른 가족은 몰라도 그 사람은 분명 집에 있을 텐데 열흘 가까이 밤에 불조차 밝히지 않는다는 게 무슨 의미인지 알 수 없었다.

그 사람이 보낸 문자를 열었다. 결코 들어갈 일 없으리라고 여겼던 그 사람의 계정 이름이 거기 있었다.

am-ne-sia-

검색해 보니 '암네시아'는 기억 상실증이라는 뜻이었다. 부호들을 사이에 넣어서 그런 뜻이라고는 짐작 못 했다. 자기 계정 이름을 기억 상실증이라고 하다니. 무슨 생각일까?

하지만 들어가 보지는 않았다. 뭔가 두려운 마음이 앞섰다. 발 들이지 말아야 할 영역인 것 같았다. 며칠 더 두고 보기로 했다. 어쩌면 가족과 여행을 떠났을 수도 있고, 부모가 사는 집에 갔을 수도 있다.

"그 집 둘째 다쳐서 병원에 입원했다는구만."

궁금하던 소식을 봉하 씨가 알려 주었다.

"어쩌다가요?"

"밤에 산에 갔다가 그랬다는데. 하기야 답답하기도 하겠지."

"진짜 다친 건 맞대요?"

내 질문이 이상했는지 봉하 씨가 슬쩍 돌아봤다.

"오늘 그 집 주인장이 다녀가면서 그리 말했다는구만."

봉하 씨 말을 듣고 나는 다른 생각을 했다. 그 사람이 산에, 그것도 어두울 때 산에 오르내린다면 뭔가 다른 일이 있을지 모른다. 산에서 누구를 만나거나 무슨 일을 꾸미고 있을 수도 있다. 그 사람은 캄캄한 산에 익숙하다. 하지만 아무리 익숙한 산이라 해도 5년이나 찾지 않았고, 여름 산은 변수가 많다.

나는 폰을 꺼내 들었다. 그 사람 계정에 들어가면 무슨 생각인지 알 수 있을지도 몰랐다. 하지만 그 사람 계정을 보려면 내 계정을 만들어야 했다. 소식을 알려고 그렇게까지 할 필요가 있나? 그 사람 소식을 알고자 하는 마음과, 거부하는 마음이 동시에 일어났다. 한참 망설이다가 결심이 선 순간 나는 계정을 만들고 '암네시아'를 찾아 들어갔다.

병실 침대에서 창밖을 내다보는 사진이 가장 최근 거였다. 사진 아래쪽 모서리에 깁스를 한 다리가 보였다. 설명이 붙어 있었다.

기억을 찾으려다 다리가 부러졌다.

댓글은 못 달게 막아 놓았다. 댓글이 귀찮거나, 댓글 따위 필요 없다는 뜻일 수도 있다. 그 바로 아래 게시물은 동영상이었다. 밤에 랜턴으로 앞을 비추며 걷는 동영상이었다. 포레는 아니었다. 산속이었다. 잠시 걷는 소리만 들리다 갑자기 랜턴이 꺼졌다. 칠흑 같은 어둠 속에 걷는 소리만 이어지다 끝났다. 아래에 이런 말이 달려 있었다.

몸은 아는데 기억은 없다.

그 밑에 게시물은 어디서 본 듯한 풍경 사진이었다. 순간 그곳이 호두나무 집이라는 걸 알았다. 함께 간 마을 끝에 있던 집. 삽살개 집 아저씨가 살았다던 그 집이었다. 사진은 집 지붕에 얹힌 잡동사니와 그 위에 드리워진 호두나무를 찍은 거였다. 그 사진에도 설명이 붙어 있었다.

잊고 싶은 기억은 질기게 남아 있다.

그 게시물을 보면서 기억 상실이 완전히 거짓말은 아니라는 쪽으로 생각이 기울었다. 남은 기억과 사라진 기억 사이에서 나름대로 고통받고 있는 것 같았다. 그 사람한테 남아 있는 기억이 호두나무에 얽힌 기억일 수도 있다. 한동네 살던 사람이 나무에 목을 매고 죽은 기억은 고통일 것이다. 그리고 삽살개 집 아저씨와 좀 더 깊은 서사를 공유한 사이일 수도 있다. 그래서 잊고 싶은 기억이라고 했을 것이다.

또 그 아래 누군가의 뒷모습 사진이 있었다. 잠시 그 뒷모습을 들여다보았다. 도무지 믿기지 않았다. 낯선 그 뒷모습은 나였다. 내 뒷모습을 사진으로 보는 건 처음이었다. 마을에 갔을 때 내 뒷모습을 그 사람이 몰래 찍은 거였다. 나를 찍는 걸 전혀 눈치채지 못했다. 이런 말이 붙어 있었다.

나보다 나를 잘 아는 친구.

온몸이 화끈거렸다. 나열된 모든 단어가 당황스러웠다. '나보다 나를 잘 아는'은 내 마음속을 들여다보는 말 같았다. 그리고 '친구'라는 말은 무섭기까지 했다.

나는 계정에서 빠져나왔다. 그 사람 계정에 있는 내 사진 때문에 놀란 마음이 진정되지 않았다.

친구라니, 어떤 의미일까. 나는 한 번도 그 사람과 친구라고 생각한 적이 없다. 그 사람도 나를 친구로 대한 적이 없다. 나는 후배였고, 실제로 후배고, 동네 동생이었고, 지금도 그렇다. 그런데 나를 친구로 지칭했다.

그 사람을 아는 사람들은 모두 그 사건을 잊지 않았을 것이다. 아마도 그 사람이 저지른 지독한 짓을 영원히 기억할 것이다. 그리고 그들 중 몇은 나와 그 사람 사이를 알 것이다. 그러면 이 사진을 보고 의심할 것이다. 내가 어떤 식으로든 그 사람이 저지른 짓에 동조했을 거라고, 앞으로도 동조할 거라고 여길 것이다.

이건 아니었다.

물론 나는 그 사람과 같은 포레에 살고, 예전에는 그 사람 보호를 받았다고 볼 여지가 있다. 하지만 엄밀히 따지면 나는 그들 패거리에 속한 적이 없다. 그들 무리와 아무 상관도 없었다. 하지만 5년 만에 다시 돌아온 그 사람이 이런 사진을 게시한 걸 보면 누구든 그 사람과 내가 같은 패거리라고 여길 것이다.

그 사람은 나를 기억하는 거였다. 그러니 이렇게 의도가 다분한 사진을 올린 거였다.

마음이 조금 진정되자 다시 그 사람 계정으로 들어갔다. 병실 사진을 꼼꼼히 살폈다. 사진 속 병실에서 병원 이름 글자를 하나 찾았다. 그 한 글자를 가지고 검색했다. 이 지역 병원 중에서 찾으니 알아내기 어렵지 않았다. 학원가에서 멀지 않은 병원이었다.

생각을 좀 더 해 봐야 했다. 병원으로 찾아가면 나와 그 사람 관계가 더 공고해질 수도 있었다. 그 사람이 퇴원할 때까지 기다리는 게 좋을지 몰랐다. 이미 나와 그 사람 관계를 오해하고 있는 사람들이 있을 텐데 더 이상 오해받을 만한 행동을 해서는 안 된다. 나는 망설였다.

'문병 와 줄래?'

그 사람한테서 문자가 왔다. 내가 자기 계정을 살펴본 걸 다 알고 있기라도 한 듯. 내 고민을 알고 있기라도 한 듯. 뒤이어 병원 이름과 호실이 적힌 문자가 날아왔다.

그래, 5년 전에도 내가 느꼈던 감정이 바로 이런 거였다. 내가 갑갑해한 것. 다 안다는 듯이, 부탁하듯 명령하는 태도. 그 사람은 변하지 않았다. 기억을 잃었으면서도 예전 태도가 그대로 드러나는 건 그 사람 몸과 정신에 깊이 밴 습성은 그대로 남아 있다는 거였다. 그게 아니라면 그 사람은 기억을 잃은 척만 하고 있다.

생각해 보았다. 만일 그 사람이 기억을 잃어버린 게 확실하다면 나도 결이처럼 나쁜 기억을 접어 버릴 수 있나. 그 사람이 기억을 잃은 척하는 거라면 되갚아 줄 건가. 되갚아 준다면 어떤 식으로 할 건가. 하지만 그건 그 사람의 기억을 확인한 후에 해도 되었다.

16

조용하다 못해 초라한 병원이었다. 환자도 별로 없어 보였다. 어째서 이런 요양 병원 같은 곳에 입원해 있는지 의문이었다.

복도 저 끝에 그 사람이 나와 있었다. 목발을 짚고 걸어 다니는 걸 보니 심하게 다친 건 아닌 모양이었다. 그런데 뭔가 이상했다. 내 쪽으로 걸어오면서도 나를 낯선 사람 보듯 했다. 그러다 문득 알아챈 것처럼 삽시간에 변하는 표정이 섬뜩했다.

완전히 낯선 그 표정은 5년 전에는 없던 거였다. 5년 사이에 그 사람한테 생긴 일들이 그런 표정을 만들어 냈을 거였다.

"왔네."

"안 올 줄 알았어요?"

되묻자 그 사람이 빙긋 웃었다.

"같이 안 왔어?"

결이를 찾는다는 걸 알았지만 답하지는 않았다.

"둘이 그렇게 친한 사이는 아닌가 봐?"

그 사람 말에 즉시 "네." 하고 답했다. 날카로운 답이었지만 그 사람은 아무 일도 아니라는 듯이 목발 한쪽으로 바닥을 톡톡 쳤다.

"어쩌다 다쳤어요?"

"요양 병원 밥 안 먹어 봤지?"

서로 엉뚱한 질문을 하고 있다는 걸 알았는지 그 사람이 다시 빙긋 웃으면서 부탁하듯 말했다.

"어디 식당이라도 가자. 혼자서는 나갈 수가 없어서."

목발 한쪽을 슬쩍 들어 올리면서 어딘가 애처로운 표정을 지어 보였다. 우리는 병원 근처 파스타 집에 갔다. 이탈리아식 피자와 스파게티를 파는 가게인데 한산한 주변 도로와 달리 가게 안은 사람들로 북적였다.

"이런 데 다 모여 있었네."

주방 가까운 구석 자리를 안내받고 앉으면서 그 사람이 중얼거렸다. 메뉴판을 내민 직원이 못 알아들었는지 "네?" 되물었다. 그러자 그 사람은 뭔가 기분이 상했는지 메뉴판을 손톱으로 긁어 댔다. 직원은 이상하다는 눈으로 그 사람을 쳐다보면서 돌아섰다. 내가 물었다.

"밤에 산에는 왜 갔어요?"

"봤어?"

"깊은 산 같던데요?"

"깊은 산속까지는 아니고."

"그럼요?"

또 기분이 상했는지 이번에는 나를 노려보았다. 나는 그 눈빛에서 예전의 뭔가를 읽어 내려고 했지만 허사였다. 예전에 그 사람의 화난 눈을 본 기억이 없었다. 적어도 나를 보면서 화를 낸 적은 없었다.

"언제 같이 가 볼까?"

그 사람이 시선을 거두면서 물었다. 내가 답하지 않자 그 사람은 갑자기 자기 일정을 늘어놓았다. 며칠 후에 퇴원하면 당분간은 통원 치료를 받아야 하며, 치료가 끝날 때까지 나돌아다니지는 못할 거라는 것까지 알렸다. 마치 내가 일정을 함께 할 것처럼 상세하게 일러 주고 나서는 이렇게 물었다.

"밤에 산에는 왜 갔냐고 물었지?"

내가 쳐다보자 그 사람은 자세를 고쳐 허리를 세웠다.

"어떤 순간이 떠오르더라고."

"어떤 순간이요?"

"한밤에, 산에서, 여럿이 모여서. 그게 그 일인가 싶고."

"기억이 납니까?"

"그게 말이야, 검색을 많이 해 봐서 아는 건지, 기억에 있는 건지 헷갈려."

그 사람은 자기가 이곳을 떠나야 했던 이유를 어디선가 듣게 되었고, 그 이유를 검색해 봤다고 했다. 그렇게 떠올린 순간이 검색 때문인지, 기억이 돌아온 건지 혼란스러워하고 있었다.

검색 때문이라면 그 사람은 자기가 일으킨 사건에 대해 세상에 알려진 만큼만 알고 있는 거였다. 그 사건에 관한 기록들, 기사와 댓글들은 여전히 인터넷에 떠돌고 있다. 아무리 삭제해도 어딘가에 숨어 있다가 집요하게 검색하면 드러난다.

막상 본인은 그 일을 어떻게 생각하고 있는지, 어떤 생각으로 그런 사건을 일으켰는지는 모른다.

"혹시 말이야. 그 일에 대해서 좀 자세히 알려 줄 수 있나?"

대답하지 않자 그 사람이 다시 말했다.

"아, 그래. 말하고 싶지 않겠지. 하지만 우린 꽤 가까운 사이였던 것 같으니 남들 모르는 걸 알 것도 같아서."

"알아서 뭐 하게요?"

"내가 어떤 인간인지는 알고 있어야지."

"알고 나서 실망하면요?"

"내가 그 정도 인간이야?"

순한 얼굴로 묻는 걸 보면 그런 짓을 저지를 만큼 나쁜 사람은 아니라는 생각마저 들었다. 사람의 정신과 행동은 서로 다를 수 있다. 순하고 착한 생각을 가지고도 이상한 행동을 할 수 있고, 나쁜 생각으로 꽉 차 있어도 선한 행동을 할 수 있다. 둘 중 어느 쪽이 진짜인가. 마음에 품은 생각이 진짜인지, 겉으로 드러난 행동이 진짜인지 알 수 없다.

그리고 그 사람은 어쩌면 마음이 약한 사람이라는 생각도 들었다. 어쩌다 보니 못된 행동에 이끌려 들어가고, 여러 상황이 맞물려 발을 뺄 수 없었을 수도 있다. 그래서 하고 싶지 않은 짓을 한 자신을 감당할 수 없어서 기억을 잃어버린 걸 수도 있었다.

"나도 다른 사람들 아는 것만큼만 알아요."

"포레에 같이 살았는데도?"

그 사람이 '포레'라고 말했을 때 나는 다시 의심했다. 친근하게 '포레'라고 하는 건 그 사람의 예전 습관이었다. 하지만 조금의 흔들림도 없는 그 사람 표정을 보면서 나는 다시 의심을 접었다. 그 사람은 지금 포레에 살고 있으니 그렇게 말할 수 있었다.

나는 내가 병원에 찾아온 목적을 꺼냈다.

"내 사진 내리세요."

"뭐?"

그 사람은 이상한 말이라도 들은 것처럼 놀라는 척했다. 정말 놀랐는지도 모르지만 내 눈에는 그렇게 보였다. 몇 번 숨을 들이마셨다 내쉰 후에야 내 말뜻을 알아들었는지 혼자서 고개를 몇 번 끄덕였다. 그러고는 휴대폰을 꺼내 조작하면서 도리어 기분 나쁘다는 투로 말했다.

"별일도 아닌데 예민하게 구네?"
"나한텐 별일입니다."
"아무튼 요구 들어줬다."
"네."
짧게 답하는 나를 건너다보면서 그 사람이 돌연 부드러운 목소리로 말했다.
"너도 내 요구 하나 들어줘."
"뭔데요?"
"사소한 거라도 좋으니까, 이야기를 좀 해 주면 기억이 돌아오는 데 도움이 될 거 같은데."
"무슨 이야기요?"
"네가 아는 내 이야기. 뭐라도 좋으니까. 그 정도는 해 줄 수 있지?"
공들여 부탁하는 걸 보니 기억을 잃은 게 맞는 것 같았다. 정말 기억을 찾고 싶어 하는 모습을 보면 기억 상실증인 척 꾸밀 가능성은 작아 보였다.
"자세히요?"
"내가 관련된 일이라면…… 내 소문까지도 자세하게."
"알고 나면 자신을 부끄러워해야 할지도 몰라요."
나는 부탁을 들어주겠다는 의미로 답했다.
"부끄러워할 일이 있으면 부끄러워해야지."

그 사람은 뭔가 벌써 부끄럽다는 식으로 얼굴을 약간 붉혔다. 그 순간 나는 그 사람이 기억을 되찾기를 바랐다. 기억을 되찾고 나서 어떤 반응을 보일지 보고 싶었다.

만일 우리가 이사 갔더라면, 그래서 내가 전학 갔더라면 나는 그 사람을 잊고 살았을 수도 있다. 만일 그 사람이 포레로 돌아오지 않았더라면 나는 그 사람 때문에 전전긍긍하지 않았을 수 있다. 아마 그랬을 것이다. 그 사람이 내 앞에 없는 한 나쁜 기억은 현실적인 고통을 주지 못했을 것이다. 지나간 일은 막연한 분노로만 남았을 것이다.

하지만 나는 여전히 포레에 살고, 그 사람은 포레로 돌아왔다. 바로 눈앞에서 나한테 직접적인 두려움을 주는 현실이 되었다. 만일 그 사람이 전처럼 나를 괴롭히려고 들면 나는 또다시 당할 수밖에 없을 것 같은 기분에 시달렸다.

그 고리를 끊어 내야 했다. 그러자면 이해가 필요했다. 그 사람을 이해해야만 거부할 힘을 가질 수 있다.

17

 포레에는 가을이 빨리 온다. 8월 중순이면 벌써 도시와는 다른 바람이 분다. 봉하 씨는 첫 가을바람이 불면 겨울 날씨를 예측한다.
 "올겨울은 춥겠어."
 봉하 씨는 우리 집에 찾아오는 개나 고양이, 이 동네에 얼씬거리는 들개들까지 챙긴다.
 "요즘 어째 그놈이 안 와."
 "그래서 족발 삶는 거예요?"
 "냄새 맡으면 올 테지."
 봉하 씨가 말하는 그놈이 바로 과묵의 어미다. 과묵 어미는 예전에 빈집을 지키는 개였다. 빈집 주인은 주말에만 오는데 일주일 치 사료와 물을 커다란 그릇에 부어 두고 대문까지 닿을 정도로 긴 줄을 목줄에 연결해 두었다. 주말에만 오는 주인을 기다리며 집을 지키는 개들은 외로움에 지친다. 봉하 씨가 삶은 족발이나 닭고기를 가져가면 웅크리고 있던 몸을 길게 폈다. 호들갑스럽지 않은 개였다.

언젠가부터 과묵 어미가 있는 집에 들개들이 드나들었다. 주인이 부어 두고 간 사료도 나눠 먹고, 봉하 씨가 챙겨 주는 먹이도 들개들과 나누는 것 같았다. 내가 봉하 씨와 함께 가면 슬며시 꼬리를 흔들었다.

내가 중학교 2학년이던 가을에 과묵 어미는 줄을 끊고 들개들과 함께 사라졌다. 완전히 사라진 건 아니었다. 근처 산 어딘가에 살면서 아주 가끔 밤에 몰래 와서 먹이만 먹고 사라졌다. 우리 집까지 찾아올 때면 완전히 말라 뼈가 드러난 상태였다. 그러니까 위급한 상황이 아니면 이 동네로 잘 들어오지 않는다.

재작년 겨울 지독히 춥던 날 과묵 어미는 우리 집 보일러실에서 새끼를 낳았다. 봉하 씨가 특별식까지 주면서 보살폈지만 과묵만 남고 다른 새끼들은 죽었다. 자주 굶주리는 어미가 낳은 새끼들이라 허약했을 거였다.

어미는 새끼를 낳고 한 달 정도 보일러실에 숨죽이고 있었다. 어쩌면 우리 집에 눌러살게 될지도 모른다고 생각했다. 하지만 추위가 주춤하던 어느 날 과묵을 남겨 두고 떠나 버렸다.

하지만 근처 어딘가에 있을 테니 족발 삶는 냄새를 맡을 것이고, 집으로 찾아올 것이다.

"한 바퀴 돌고 올게요."

수다와 과묵은 집 안에서 들리는 소리만으로 산책할 채비를 한다. 현관 앞에서 기다리다가 내가 나오면 목줄을 매기 편하도록 자세를 잡아 준다.

별장 기단 위에 그 사람이 서 있다가 나를 보자 대문 앞으로 나왔다. 수다가 긴장을 풀지 않은 채 꼬리를 천천히 움직였다. 수다는 강아지 때 그 사람을 본 적이 있어서 완전히 경계하지는 않았다. 과묵은 누구든 나름의 기준이 충족되면 알아서 경계를 푼다.

그런데 그날 그 사람을 보자 속으로 웅얼거리는 소리를 내면서 경계했다. 그 사람이 우리 집에 찾아왔을 때도 심하게 경계하지 않았는데 그날은 뭔가 심사가 꼬인 듯 예민하게 굴었다.

"개 키우는 것도 보통 일이 아니네."

그 사람이 한마디 던진 순간, 과묵이 그 사람을 향해 튀어 올랐다. 나는 줄을 잡아당겼다. 내가 반사적으로 줄을 당기지 않았다면 과묵이 그 사람 목덜미를 물었을지도 몰랐다.

과묵이 달려드는 통에 뒤로 나자빠진 그 사람이 바지를 털고 일어섰다. 개한테 놀라 자빠지기까지 했으니 무슨 짓이든 할 법도 한데 아무렇지 않은 듯 한마디했다.

"그 녀석 참 사납게 구네?"

그러자 과묵이 날카롭게 짖어 댔다. 마치 그 사람 목소리를 알아듣고 반응하는 것 같았다. 의외였다. 과묵은 동네 사람은 물론이고 가끔 동네에 들어오는 배달 오토바이, 우리 가족과 말을 나눈 적이 있는 사람한테는 돌발적인 행동을 하지 않는다. 경계의 표시로 짖거나 으르렁댈 때는 있지만 적의를 드러내고 덤벼드는 건 본 적이 없다. 그 사람은 동네에 들어온 지 좀 됐고 나와도 말을 섞으니 과묵도 알 만했다.

"그만해!"

이빨을 드러내고 계속 으르렁거리는 과묵을 엄하게 제지했다. 과묵은 수그러든 척했다. 하지만 경계를 완전히 푼 건 아니었다. 결국 과묵과 수다를 집에 데려다 놓고 와야 했다.

"우리가 처음 본 게 언제였지?"

그 사람 목소리에 짜증이 묻어났다. 과묵 때문에 놀라 뒤늦게 화가 나는지도 몰랐다.

"포레 앞 정류장에서요."

나는 그날의 일을 있는 그대로 읊었다. 그리고 그날 통학 버스 안에서 나눈 이야기도 기억하는 한 자세하게 말했다. 그 사람이 물었다.

"그게 다야?"

뭔가 더 있는데 내가 숨기고 있는 것 아니냐는 말 같았다. 나는 내 기억을 되돌려 보았다. 그날 아침에 멀리서 뛰어오는 그 사람을 보고 내가 버스 앞에서 기다렸던 일. 통학 버스 안에서 나눈 이야기. 혹시 내가 기억하지 못하는 게 있나. 내가 잘못 기억하고 있는 건 없나. 그 사람이 다시 물었다.

"그날 내 기분이 나빠 보였다거나…… 내 표정이 어땠다거나 하는 건 없어?"

"없어요."

그 사람은 그날 자기가 어떤 행동을 했는지 무슨 말을 했는지보다, 자기 기분이 어때 보였는지를 더 알고 싶어 하는 것 같았다.

"다른 건 정말 없어?"

내 이야기에서 무엇을 찾으려는 걸까, 잠깐 생각했다. 어째서 내가 숨기는 게 있다고 생각하는 걸까.

"잘 생각해 봐라."

그 사람이 그렇게까지 간절하지 않았더라면 나는 묻는 말에나 답해 주고 말았을 것이다. 하지만 그 사람이 간절하게 자신을 알고 싶어 하는 걸 보면서 나는 다른 생각을 했다. 이야기를 비틀거나 꾸며 내서 그 사람이 어떤 반응을 보이는지 보고 싶다는 마음이 꿈틀댔다.

"좀 이상한 점이 있기는 했어요."

"뭐지?"

"산에서 막 내려온 것처럼 보였어요."

"그건 무슨 뜻이지?"

"보통 아침에 씻고 옷도 갈아입고 나오잖아요. 그런데, 밤새 산속을 헤매다가 내려온 차림이었어요."

어딘지 초췌한 얼굴과 머리칼, 이슬이나 서리에 젖은 것 같은 점퍼와 바지, 운동화 차림새였다고 설명했다.

"산에서 내려오는 걸 직접 본 건 아니고?"

나는 잠시 생각하는 척했다. 어떻게 말해야 할지 앞뒤를 계획해야 했다. 사실 나는 그 사람이 혼자 산에서 내려오는 걸 직접 본 적은 없다. 함께 산에 갔다가 함께 내려온 적은 있지만. 그 이야기를 하기에는 아직 이르다. 그 이야기는 가장 나중에, 가장 적절한 기회에 꺼낼 생각이었다.

"아뇨."

그 사람은 자기 머릿속에서 뭔가를 찾아내려고 애를 쓰는 것처럼 보였다. 도무지 기억나지 않는 자신의 과거가 답답해 미치겠다는 기운이 온몸에서 뿜어져 나오고 있었다. 뭔가 불안해하는 것 같았다.

"오늘은 그만하죠."

내가 말하자 그 사람은 혼자 걷다가 문득 나를 발견한 것처럼 놀랐다. 그러고는 다른 말 없이 홀로 발길을 돌렸다. 큰 충격을 받았거나, 뭔가를 떠올리려고 너무 골똘해진 것만 같았다. 분명 당황하고 불안한 표정이었다. 그 와중에도 그 사람은 다음 만남을 기약했다.

"내일 저녁에 보자."

내가 고개를 끄덕이자 그 사람은 서둘러 가 버렸다.

처음 만난 날 아침에 산에서 내려온 것 같았다는 말은 그 사람 반응이 궁금해서 꾸며 낸 거였다. 그런데 그 말에 그 사람은 크게 당황했다.

그 사람이 기억을 잃은 게 거짓이라면, 자신을 감추는 데 실패한 걸 수도 있다. 그런 게 아니라면 그 사람 몸이, 감각이 반응한 것일 수 있다. 어둠이 걷히기 직전, 산의 물기, 냄새, 소리, 지형, 그게 무엇이든 내가 모르는 어떤 일을 그 사람 몸은 기억하고 있는 것이다.

18

나는 내 피해자 감정을 철저히 숨길 자신이 없었다. 그 사람과 이야기를 나누는 어떤 순간에 내 감정이 치고 올라올지 몰랐다. 그런 순간이 온다면 내가 어떻게 할지 몰랐다.
"애들 내가 데리고 가마."
저녁이 다 되어 나서려는데 마당에 있던 봉하 씨가 알렸다.
"어디 가시게요?"
"낮에 애들 밥을 못 줬더니 동네가 소란해."
봉하 씨한테는 개나 고양이가 기다리는 기척이 들리는 모양이다. 밥때가 지났는데도 오지 않는 봉하 씨를 기다리는 개들, 고양이들은 가만히 엎드려 목을 길게 빼고 있을 뿐 짖거나 울지 않는다. 그런데도 봉하 씨 귀에는 기다리는 소리가 소란스럽게 들린다. 물과 먹이가 가득 담긴 캐리어를 끌고, 과묵과 수다까지 앞세우고 나가는 봉하 씨를 향해 말했다.
"이따 만날 수도 있어요. 이야기하기로 했거든요."

봉하 씨는 누구와 만나냐 묻지 않고 이렇게 말했다.

"산에는 올라가지 말어. 요즘 들개들이 부쩍 많이 다녀."

"개들 덕분에 다른 짐승들 덜 내려오잖아요."

사실이 그랬다. 봉하 씨와 1호 집 아저씨가 규칙적으로 주는 먹이를 먹으려고 들개들이 포레 주변에 자주 와 있는 통에 멧돼지나 족제비 같은 짐승들이 덜 출몰한다. 그리고 어쩐지 들개들이 포레 사람들은 알아보는 것 같다.

포레 사람들이 단체 산행할 때 들개들이 멀찌감치서 따라다니기도 한다. 사람들이 던져 주는 먹이 때문에 따라다닌다지만, 꼭 그런 것만은 아닌 것 같다. 물통만 들고 나서는 나와 수다, 과묵도 따라다니는 걸 보면 포레 사람들을 지켜 주려는 게 아닌가 싶을 때도 있다.

별장 대문 앞에 그 사람이 서 있는 것이 보였다. 5년 전에도 나는 이 길을 따라 그 사람을 만나러 갔었다. 봉하 씨한테 거짓말을 둘러대면서까지 가던 그때의 습관이 되살아나는 것만 같아 등이 뜨거워졌다. 내 몸에 남아 있는 오래전 습관이 나를 조롱하는 것만 같았다.

"왔네."

그 사람의 인사도 여전했다. 아무것도 달라진 것 없이 5년 전 일이 계속되는 것만 같아서 겁이 났다. 그래서 끊어 내는 것처럼 쏘아붙였다.

"약속은 지켜야죠."

"아, 그래. 약속."

약속이라는 단어를 처음 들은 사람 같았다.

"지난번에 갈빗집에서 봤던 알바 기억나지?"

"네."

"혹시 아는 사람인가?"

"그날 처음 봤어요."

"그래? 그럼, 우리가 그 갈빗집에 어쩌다 가게 되었지?"

나는 최근에 함께 가게 된 이유를 묻는 건지, 예전에 가게 된 일을 묻는 건지 헷갈렸다. 어쩌면 그 사람은 최근 일도 기억 못 할지 모른다는 생각이 들었다. 그래서 이렇게 되물었다.

"생각 안 나요?"

그 사람은 짜증이 올라오지만 나를 위해 참는다는 것을 티 내려는 듯 옷소매를 탁 털었다. 그러고는 말했다.

"우리가 거기 처음으로 간 게 언제지?"

되도록 내가 겪은 일에 감정이나 해석을 섞지 않고 말하려 애썼다. 우리가 학원가에서 우연히 만나 처음으로 갈빗집에 간 일. 그리고 학원가 버스 정류장에서 그 사람을 만났을 때 나와 친구들이 무척 반가워했던 일. 그 사람이 우리를 대견스럽게 보면서 저녁 안 먹었으면 함께 갈빗집에 가자고 물었던 일. 그 뒤로도 두어 번 더 학원가에서 마주칠 때마다 갈빗집으로 데려갔던 일을 이야기해 줬다.

"따라다닌 걸 보니 내가 믿을 만했었나 보네."

그 사람이 말했을 때 나는 어떤 답을 해야 할지 생각했다. '따라다녔다'는 말은 적확하지 않았다. 우리는 그 사람을 따라다닌 건 아니었다. 그 사람이 학원가나 학교에서 어떤 무리와 어울리고 무엇을 하건, 우리와는 상관없었다. 우리는 대선배의 후광에 의지하려던 것뿐이다. 그 사람과 무리 지어 다니면서 어떤 일이든 함께하는 건 생각조차 해 보지 않았다. 그런데 그 사람은 우리가 식사를 거절하지 않은 걸 따라다닌다고 여겼을지도 모른다. 그래서 무의식중에 그런 말이 나왔을 것이다.

"따라다니진 않았어요."

"그게 그거 아냐?"

"대선배가 밥 먹자니까 거절하지 못한 거죠. 우리가."

'우리'라고 콕 짚어 냉정하게 말했다. 하지만 내 대답은 사실과 좀 달랐다. 그때 우리는 저녁 시간이면 학원가에서 그 사람과 마주치기를 기대했다. 그 사람은 아무 요구도 없이 저녁을 사 주고 보호자가 되어 주었다. 우리는 그 사람과 식당에 있더라는 소문만으로도 학원가에서 안전했다. 다시 생각해 보면 우리도 영악했다. 거절하는 쪽보다 그 사람과 밥을 먹는 쪽이 더 안전하다는 계산이 있었다.

"우리?"

그 사람도 내가 '우리'를 강조한 걸 알아차렸다.

"그 '우리'가 몇 명이나 되지?"

"셋일 때도, 넷일 때도 있어요."

그 사람은 잠시 생각하더니 물었다.

"혹시 말이야. 나와 그 갈빗집 알바 사이에 대한 소문 같은 건 없었나?"

그 사람이 다시 갈빗집 직원 이야기를 꺼냈다. 같은 갈빗집에서 있었던 소동이 마음에 걸리는 모양이었다. 자기한테 그렇게 거칠게 대하는 상대를 만났으니 궁금하지 않을 리 없었다.

"궁금해요?"

묻자 답이 없었다. 답은 내가 했다.

"나도 궁금하네요. 대체 어떤 사인지."

그러자 그 사람이 말꼬리를 채듯이 물었다.

"좀 알아봐 줄래?"

순간 나는 5년 전 일이 떠올랐다. 그 애걸하는 듯한 말투, 그 태도에 마음이 약해져 부탁을 들어주곤 했었다. 그 사람이 보자고 하면 싫어도 만나러 갔던 일이 지금껏 나를 괴롭혔다.

하지만 5년 전의 나와 지금의 나는 다르다고 생각했다. 그때처럼 그 사람의 요구를 거절하지 못하는 게 아니라고 생각했다. 아니, 도리어 이번에는 내가 그 사람한테 고통을 줄 수도 있었다. 그런데 아니었다. 나는 아직 여전히 5년 전의 중1이고,

그 사람은 거부하기 힘든 선배로 내 앞에 있다. 그걸 그 사람은 알고 있는 것 같았다.

내가 물었다.

"알아보면…… 감당할 자신은 있고요?"

답은 의외였다.

"아, 역시 그렇구나!"

"뭐가 그래요?"

"넌, 나를 증오하네?"

그 사람이 정곡을 찔러 보려는 듯 불쑥 말했다. 하지만 그 말은 나를 정확히 찌르지 못했다.

"비슷해요."

"그런데도 나를 만나고?"

"네."

"이유는?"

"당신이 알았으면 해서요."

"내가 한 짓을?"

"네."

"난 이미 알아. 기억에 없어서 실감이 없을 뿐."

"편리하겠어요."

"하지만 내가 나쁜 짓만 한 건 아닌 거 같은데? 니들한테 고기도 자주 사 줬고. 그러니 이야기나 좀 더 해 줘."

"무슨 이야기가 듣고 싶어요?"

"니들하고 사이좋게 지낸 이야기."

"그건 왜요?"

"그런 이야기 들으면 기분이 좋아져. 어쩐지 내가 좋은 사람일 거 같고 그래."

피식 웃음이 났다. 그 사람한테는 내가 아는 면과 모르는 면이 있다. 생각해 보면 우리한테 자주 밥을 사 준 것은 다른 못된 짓을 상쇄하려는 걸 수도 있었다. 끔찍한 경험을 한 누군가는 운이 나빴다고 할 수 있고, 나와 친구들은 어쨌든 운이 좋았다고 할 수 있다.

운이라니, 그런 걸 운이 좋았다고 해야 한다는 생각에 웃음이 났다. 알다시피 그런 운은 반드시 값을 치르게 된다.

그 사람이 갈빗집에 데려갈 때마다 우리는 신이 났었다. 하지만 그때 우리 기분을 알려 줄 필요는 없었다. 오히려 그 사람의 바람을 꺾는 쪽으로 이야기를 풀어야 했다.

"우린 내키지 않았어요."

"그래?"

"하지만 선배가 밥을 사 준다니 거절할 수도 없죠. 그리고 또……."

"또 뭐?"

"거절하면 보복을 당할 것 같았고요."

"보복?"

"학원가에 소문이 그랬거든요. 거부하면 큰일 당한다고."

"어쨌든 고기는 먹었네?"

"체해서 며칠 고생한 친구도 있어요."

"긴장했었네."

"좀 이상하긴 했어요."

"어떤 점이?"

"우리를 목격한 다른 친구들이 괜찮냐고 걱정했거든요."

나는 일부러 '목격'이라는 단어를 써서 그 사람이 범죄를 저지른 것처럼 말했다. 그 사람은 착잡한 표정으로 바닥을 내려다 보면서 걸었다. 반성이라도 하는 걸까 싶었지만 그 사람은 별다른 반응 없이 물었다.

"그런데도 다음번에 또 따라갔어?"

"거부하는 게 더 무서웠거든요. 그때는."

사실 그때만 해도 그 사람을 두려워하지는 않았다. 약간 허세가 있어 보였지만 이상한 의도를 가진 것 같지는 않았다. 한 동네에 사는 대선배가 챙겨 주는 걸 부러워하는 친구들도 많았다. 다시 말해 그 사람이 나를, 우리를 '찍은' 낌새는 없었다. 그때는 아직 그 사람에 대한 나쁜 소문도 돌지 않았고, 그 사람이 그런 사건을 일으키리라는 생각도 하지 못했다.

하지만 바로 그때 상상했어야 했다. 유독 나한테 친절하게 구는 선배, 한동네에 사는 선배, 학원가에서 마주칠 때마다 비싼 식당으로 데려가는 선배를 조심했어야 했다. 처음엔 그 사람도 아무 계산이 없었을지 모른다. 한동네에 사는 중1짜리한테 단순한 친절을 베푼 걸 수도 있다. 하지만 값비싼 친절을 반복하다 보면 대가를 계산하게 된다는 것을 알았어야 했다.

"갈빗집 말고 다른 데 간 적도 있어요."

"다른 데 어디?"

"북경오리 집이요."

"북경식 오리도 먹였어? 내가?"

"오리 먹으러 간 거 기억 안 나요?"

나는 기억을 못 하는 게 이상하다는 듯이 물었다. 그게 그날 우리한테 한 짓을 기억 못 하는 게 이해하기 힘들다는 의미로 들리기를 원했다. 하지만 그 사람은 태연하게 물었다.

"어디야? 그 북경오리 집은?"

그 식당은 학원가에서 약간 떨어진 L 아파트 단지 앞에 있다. 유명세를 타고 있던 그 식당의 오리 요리는 겨우 몇 조각이 접시에 담겨 나왔다.

하지만 그날 중요한 건 오리 요리 양이 너무 적었다는 게 아니다. 그 북경요리 집에서 나와 아파트 단지를 통과해 산으로 올라갔다는 게 중요하다. 그리고 그날은 결이와 나 둘이서 그 사람과 동행했다.

19

 그날은 금요일이었다. 다음 수업이 없어서 결이와 나는 집에 가려고 나섰다. 결이도 포레로 가는 날이었다. 학원가 통합 차량은 한 시간에 한 번 왔다. 놓치면 한 시간을 기다리거나 택시를 타야 하는데 저 앞에 버스가 출발하는 게 보였다.
 버스가 사거리 신호에 걸리면 탈 수 있을 것 같아서 죽어라 뛰었다. 정신없이 달렸지만 그날따라 걸리지 않고 가 버렸다. 저녁도 거르고 갑자기 미친 듯이 달린 탓에 온몸에 힘이 빠져 둘 다 바닥에 주저앉았다. 그때 저 멀리서 박수 소리가 들렸다.
 "그 형 아니냐?"
 결이가 먼저 손뼉 치는 사람이 누구인지 알아보았다. 우리는 털고 일어나 다시 버스 정류장 쪽으로 걸었다.
 "버스 놓쳤네? 저녁은 먹었어?"
 우리 둘 다 고개를 가로저었다.
 "나도 아직인데. 같이 먹으러 갈까?"

어떻게 답해야 할지 몰라 우물쭈물 하는데 그 사람이 물었다.

"집에서 기다리냐?"

"아뇨. 오늘은 뒤에 수업이 취소됐어요."

"잘됐네. 내가 북경요리 잘하는 데 안다."

그 사람이 말한 북경요리 식당은 L 아파트 단지 앞에 있는, 필로티 건물 1층에서 접수한 뒤에 에스컬레이터를 타고 올라가는 곳이었다. 배달도 안 되는 비싼 요리의 맛이 궁금했다.

"오늘은 보충까지 해서 늦게 끝나는 줄 알아요."

우리는 들뜬 마음에 구구절절 이유를 댔다. 부모를 속이는 일에 주저 없이 마음을 맞춘 결이와 나는 서로를 보며 동시에 인상을 찌푸렸다. 부모에게 거짓말할 생각을 그렇게 쉽게 하다니 지금 생각해도 대담했다.

택시를 타고 도착한 식당은 붐볐지만 금방 자리에 앉았다. 그날 먹은 북경요리의 맛에 대해서는 할 말이 없다. 터무니없이 양이 적었던 요리보다는 그 식당이 풍기는 분위기가 특이했다. 이빨 빠진 접시까지.

식당에서 나오는 길에 그 사람이 결이에게 물었다.

"너도 오늘 포레 가냐?"

"네."

"부모님은?"

"벌써 가 계셔요."

그 사람이 불쑥 허공을 향해 뱉듯이 물었다.

"뭐, 이렇게 된 거 걸어가 볼래?"

"포레까지요?"

"니들 산길로 안 가 봤지?"

"산길이 있어요?"

"지름길인데. 가 볼래?"

결이와 나는 서로 눈을 쳐다보았다. 아무리 지름길이라지만 산길을 걸어 포레까지 간다니. 그건 좀 무리일 것 같았다. 하지만 매번 비싼 저녁을 사 주는 선배가 한 제안이라 단박에 거절하지 못하고 있었다. 게다가 초여름의 밤공기에 휩싸여 북경식 오리까지 맛본 우리는 이미 마음이 들떠 있기도 했다. 모험을 즐길 준비가 되어 있었다.

"길 알아요?"

"내가 이 지역 훤히 꿰고 있다. 자, 그럼 가 보자고."

그 사람이 앞섰다. 산으로 둘러싸인 포레에 살게 되었지만 그때만 해도 산길로 다니는 일은 상상조차 해 보지 않았다. 포레를 둘러싼 산은 나한테 일종의 인테리어 같은 거였다. 포레를 꾸며 주는 풍경일 뿐 산속으로 들어간다거나 산이 생활의 일부가 된다거나 하는 일은 생각해 보지 않았다.

아파트 단지를 가로질러 마침내 산으로 들어섰다. 산속은 암흑이었다.

"겁낼 거 없다."

"겁 안 나요."

"조심은 해야 된다. 들개도 있고."

"들개가 있어요?"

"멧돼지는 흔하고, 늑대도 있을지 모른다."

"우리나라 산에는 늑대 없잖아요?"

"여기서 조금만 더 가면 늑대 농장 있는 거 모르냐?"

"거긴 동물원 아니에요?"

"사육장하고 동물원을 구분 못 하겠냐?"

그 사람은 우리의 어리석음을 한탄하는 투로 동물원의 최상위 포식 동물보다 더 무서운 게 산에 돌아다니는 개나 멧돼지라고 했다. 야생 동물이란 건 살기 위해 뭐든지 먹는다는 거였다.

"사육장에서 기르는 늑대가 탈출도 했었다!"

늑대뿐 아니라 멧돼지는 수도 없이 많다고, 그래서 소리 지르거나 말소리가 나면 위험해진다고 속삭였다. 통화하거나 고함치면 곧 야생의 포식자들한테 위치가 노출될 거라고 했다.

"그런 포식자들보다 더 무서운 게 뭔 줄 아냐?"

"네?"

"산에 버려진 무덤들이 얼마나 많은 줄 알아?"

"산소 말하는 거예요?"

"마구잡이로 파묻은 시체는 또 얼마나 많겠냐."

결이와 내가 걸음을 멈추자 그 사람도 멈춰 섰다.

"돌아갈까?"

우리는 그제야 그 사람이 겁주고 있다는 걸 알았다.

"형 진짜 지름길 알아요?"

묻자 그 사람이 성가시다는 투로 늘어놓았다.

"우리 집안은 아버지의 아버지의 아버지 때부터 이 지역에 살았거든? 나는 여기서 태어났고 다른 곳에서 살아본 적이 없다. 이 지역 어디가 어딘지 훤하고. 저기 신도시는 물론이고 포레가 예전에 어땠는지도 안다. 포레가 전에는 우리 아버지 산 일부였고. 이제 됐지?"

그 사람이 짜증을 내며 줄줄이 뱉는 말에 안심이 되기는커녕 더 무서웠다. 하지만 티를 내지는 않았다. 무섭다는 티를 내면 진짜로 무서워질 것 같았다.

그날 우리가 올라간 길이 등산로였다는 건 나중에 알게 되었다. 그날 밤에는 미지의 숲을 마구잡이로 헤매는 것 같았다. 한동안 그 사람을 말없이 따라가면서 의지한 것은 오직 지금 모험을 하고 있다는 상상뿐이었다.

"저기 봐라."

그 사람이 멈춰서 속삭였다. 우리는 그 사람이 보라는 곳으로 몸을 돌렸다. 저 멀리 우리가 빠져나온 신도시가 있었다. 불빛만으로도 어디가 어디인지 알 수 있는 아파트 단지, 학원가,

더 멀리 산과 산 사이 허공을 가르는 고속 도로가 이어졌다.

"무섭냐?"

결이와 나는 대답하지 못했다. 답은 그 사람이 했다.

"여기서 보니 평화롭지?"

그 사람이 어쩐지 비웃듯이 말하면서 우리를 흘깃 보았다. 비웃는 게 저 멀리 보이는 신도시인지 우리인지는 알 수 없었다. 그 사람이 속삭였다.

"야, 내가 말이야. 요 근처에서 누굴 좀 만나기로 했거든. 니들은 여기서 기다리고 있어. 시간 얼마 안 걸려."

"몇 분이나요?"

내가 급하게 묻자 그 사람이 잠깐 생각하다가 말했다.

"길어야 삼십 분."

우리가 놀라자 그 사람이 쯧쯧 혀를 찼다. 그 말투와 몸동작이 위협적이라는 생각이 불쑥 들었다. 그때 우리가 물었어야 하는 건 그 사람이 이런 시간에 이런 장소에서 만나려는 사람이 누구인가였다. 하지만 그 생각은 입 밖에 낼 수 없었다. 잘못했다가는 우리만 이 산에 남겨질 것 같았다. 어떤 말을 해야 그 사람을 자극하지 않고 무사히 이 모험을 마칠 수 있을까만 생각했다.

"아까 말했다. 통화하거나 소리치면 위치 들킨다."

우리가 아무 말도 하지 않자 그 사람이 우리 어깨를 감싸안으면서 속삭였다.

"알고 나면 숲이나 어둠 같은 건 무서운 것도 아니다. 진짜 무서운 건 따로 있거든."

"그게 뭔데요."

결이와 내가 동시에 묻자 그 사람은 이렇게 말했다.

"안심해라. 여기는 없으니까. 조용히 기다리고 있으면 내가 금방 온다. 지루하면 동영상이라도 찍어. 한밤에 산속 탐험하는 거 좋잖아? 찍어서 나한테도 보여 주고."

결이와 나는 그 사람이 멀어져 가는 소리를 들으면서 한동안 숨죽이고 있었다. 이윽고 그 사람 발소리가 더 이상 나지 않자 우리는 서로 바짝 붙어 섰다. 그리고 손을 잡았다.

우리는 다시 학원가로 되돌아갈 수도 있었다. 멀리 보이는 불빛을 길잡이 삼아 산을 내려갈 수도 있었다. 하지만 불빛이 보인다고 해서 길이 보이는 건 아니라는 것도 알았다. 그렇다고 아무 데로나 돌아다닐 수도 없었다. 그 사람이 돌아올 때까지 기다리는 수밖에 없었다.

"안 오면 어쩌나?"

만일 그 사람이 안 온다면, 그 사람이 처음부터 우리를 골탕 먹이려고 이런 일을 생각해 냈다면 어떻게 해야 하나. 우리가 그 사람한테 뭔가 잘못한 게 있나. 그래서 우리한테 벌을 주려는 거였나? 온갖 생각이 떠올랐다.

"엄마한테 연락해 볼까?"

"전화하지 말랬잖아."

"그렇다고 여기 계속 있을 거야?"

"올 거다. 삼십 분이랬잖아."

"안 오면?"

"안 올 거 같냐?"

"올 거 같다. 왜냐하면, 왜냐하면, 저 형도 지금 산속에 혼자 있으니까. 그리고 우린 둘이다."

그 사람이 산속에 혼자 있다는 말에 마음이 안정되었다.

"누굴 만난다고 하지 않았어?"

"그러게?"

"멧돼지 만나나?"

우리는 키득거렸다. 서로 입을 막으며 키득거리니 무서움이 가라앉는 것 같았다. 겨우 가라앉힌 두려움 위에서 우리는 발을 동동 구르고 있었다.

"몇 시간 지나면 해 뜬다."

몇 시간 지나면 해가 뜬다는 사실이 그때처럼 반가운 적이 없었다. 그 사람이 우리를 속이고, 돌아오지 않아도 틀림없이 아침이 온다는 것에 의지했다.

"야, 저 위에 별 있다."

우리는 북극성을 찾으며 우리 머리 위에서 별들이 규칙적으로 움직이고 있다는 것을 생각했다. 이 정도 두려움은 모험을 즐기는 자가 감내해야 할 당연한 긴장감이라고 생각했다. 우리는 '그 형'을 믿기로 했다. 그리고 그 사람이 말한 대로 전화기를 꺼내 어둠을 찍기 시작했다.

"야, 오래 기다렸지."

그 사람이 돌아왔을 때 우리는 차분히 맞았다. 그리고 약속을 지켰다는 사실 때문에 그 사람을 더욱 믿게 되었다.

"뭐 좀 찍었냐?"

결이가 찍은 동영상을 꺼내 보이자 그 사람은 농담인지 진담인지 구분하기 힘든 투로 말했다.

"야, 이게 뭐냐? 니들 얼굴을 찍어야지. 그래야 한밤에 산속에서 길을 헤매는 모습이 추억으로 남을 거 아냐?"

당시에는 그 사람이 왜 그런 말을 했는지 생각해 볼 정신이 없었다. 어두운 산에서 그 사람 뒤에 바싹 붙어 걷는 데만 온 신경을 쏟았다. 그 사람이 이런 산속에서 누굴 만나려고 했는지, 무엇 때문에 한밤에 만나야 했는지는 궁금해하지 않았다. 그 사람은 약속을 지키는 사람이고, 우리를 포레까지 안전하게 데리고 온 사람이었다. 우리에게 공포를 줬다는 생각은 못 했다.

우연인지는 모르겠지만 그날 이후 학원가에서 그 사람과 마주치는 일은 더 이상 일어나지 않았다. 그리고 얼마 뒤부터 그 사람과 나는 따로 연락하게 되었다.

20

　생각해 보면 그날 일은 단순할지도 몰랐다. 학원가에서 우연히 만난 선배가 저녁을 사 준다고 해서 따라갔다. 비싼 북경식 요리를 먹고 기분이 좋아진 우리는 산길로 가는 데 의기투합했다. 마침 선배가 산길을 잘 안다고 해서 크게 겁나지도 않았다. 문제는 산속에서 그 사람이 혼자 어디론가 갔다가 30분쯤 지나 나타났다는 것이다. 결이와 나는 그 30분을 공포 속에서 보냈다. 하지만 그 사람은 약속대로 돌아왔고 우리를 포레까지 이끌었다. 그 사람이 돌아왔다는 사실 하나로 우리는 그 사람을 신뢰하기까지 했다.

　그날 일을 있는 그대로 전할 마음은 없었다. 우리가 경험한 그 일이 실은 그 사람이 어떤 의도를 가지고 이끈 일이었다는 것을 시간이 지난 후에 알아차렸기 때문이다. 그러니 겉으로 드러난 사실이 아니라 그날 그 사람의 의도를 알아내야 했다.

　"산에서 우리한테 한 짓을 잊다니. 기억 상실이란 참 편리하네요!"

"내가 어쨌게?"

자기가 한 일에 호기심과 동시에 죄의식을 가지길 원했지만 그 사람은 오직 호기심뿐인 것 같았다.

"우리한테 밥값을 해야 한다고 했죠."

"내가? 어떻게 밥값을 하라 했지?"

"동영상을 원했어요."

"어떤 동영상?"

"공포에 질린 우리가 산속에서 헤매는 모습이요."

"그래서?"

"우리는 시키는 대로 할 수밖에 없었어요. 아니면 산속에서 밤을 새워야 할지도 몰랐으니까요."

"그래? 그때 찍은 동영상은 있어? 그거 한번 보고 싶네."

"그런데 그 전에, 우리한테 동영상은 왜 찍으라고 했어요?"

"그게 기억에 없으니까 지금 이러고 있지!"

"그럼 한번 추측해 보죠."

나는 온 세상에 폭로된 그 사람의 악행을 들먹였다. 한 친구를 여럿이 괴롭힌 일. 그러니까 그 사람이 주동자인지는 정확하지 않지만 여럿이 한 친구를 산속으로 데려가 괴롭히고 폭행한 일보다 더 심각한 일이 있었다.

그건 바로 그 장면을 동영상으로 찍었다는 것이다. 그리고 그 동영상을 함께 보면서 피해자를 조롱했다. 폭행 가담자들이 처벌을 받을 당시에는 여럿이 한 사람을 폭행한 행위에 초점이 맞춰져 있었다. 동영상은 피해자가 제출할 수 있는 증거로 사용되었을 뿐, 그 행위 때문에 가중 처벌을 받지는 않았다.

하지만 그 사건이 알려진 후에 결이와 나는 비로소 알게 되었다. 그 사람이 우리한테 원한 게 그런 동영상, 우리가 두려움에 떠는 표정이 담긴 영상이었다는 것을 비로소 알았다. 만약 그때 우리 얼굴이 담긴 영상을 찍고 그 사람과 공유했다면 우리는 조롱거리가 되었을 것이다. 우리의 겁먹은 얼굴을 돌려보면서 조롱하는 그 사람 표정을 얼마나 자주 상상했던가.

"자퇴하게 만든 사건 알죠?"

"검색해 봤다니까!"

"그런 짓 하면서 동영상 찍은 게 그것뿐이겠어요?"

"나야 모르지. 증거도 없고."

"우리한테 영상을 요구한 건 색다른 조롱거리가 필요해서였을 거예요."

"뭐?"

그 순간 그 사람이 흔들렸다는 것을 알았다. 분명히 그랬다. 그 사람에게서 내가 잘 아는 익숙한 기운이 뿜어져 나왔다. 그 사람한테는 다른 사람을 괴롭혀야만 개운해지는 습성이 있는 게 분명했다. 목표한 상대를 괴롭히는 데 실패했을 때 그 사람은 분노를 터트렸다. 바로 그 습성이 기억을 잃은 상태에서도 발현되는 걸 느꼈다.

하지만 기억을 잃은 게 그 사람한테 어떤 방패막이 되어 준 걸까? 그 사람은 화를 잊은 것 같았다. 잃어버린 기억을 찾으려는 과정에서 그 사람은 참는 법을 배운 건지도 몰랐다. 그게 아니라면, 내 앞에서 자신이 더 이상 강자가 아니라는 것을 알아차린 걸 수도 있다. 못된 짓을 일삼는 사람들은 자신이 약자라는 걸 자각하면 함부로 화를 내지 못한다.

그 사람은 신속하게 마음을 가라앉힌 것 같았다. 그 사람이 이어서 질문했다.

"그걸로 끝이었나?"

그 목소리에는 노여움도 죄책감도 묻어나지 않았다. 오히려 뭔가를 밝혀내려 드는 나한테 서운한 마음을 삼키는 투였다.

"내가 밥 사 준 거 더 없었냐는 말이지."

나는 그 사람의 놀라우리만치 강한 자기중심성에 실망했다. 나쁜 기억은 다 잊고 새로 태어난 사람처럼 굴기는 하지만 그래도 자신이 한 일을 들추면 부끄러워하기를 내심 기대했다. 그러나 그 사람은 도리어 내 태도가 지루하다는 듯 굴었다.

"더 있어요."

나는 그 사람이 죄책감을 느끼길 원했다. 바로 그것이 내가 원하는 바였다. 그것 때문에 나는 시간을 내서 그 사람을 만나고 있었다. 그 사람이 죄책감을 느끼고 혼란에 휩싸이는 것. 나는 그것을 바랐다. 하지만 그 바람은 허사였다. 만남을 거듭할수록 지저분한 구렁텅이로 끌려 들어가는 기분이 들었다. 더 이상 이런 만남을 갖고 싶지 않았다. 이런 건 보복도 연민도 아니었다. 이제 나는 다만 그 사람을 끊어 내고 싶었다. 다시는 보고 싶지 않았다.

"오늘로 끝입니다."

"뭐가?"

"이렇게 만나는 거요."

"공부에 방해되냐?"

"여러 가지로 방해돼요."

저 앞에 봉하 씨가 과묵과 수다를 앞세우고 오는 게 보였다. 봉하 씨를 보면서 그 사람이 낮게 우물거렸다.

"뭐, 어쨌든, 또 보자."

"거절합니다."

그러자 그 사람이 약간 애처로운 표정을 지으며 낮게 중얼거렸다.

"딱 한 번만 더 보자. 부탁한다."

갑자기 변한 태도에 내가 거절하지 못하고 있자 그 사람은 돌연 신경질적인 목소리를 뱉었다.

"그런 줄 알고. 또 보자."

내 답을 듣기도 전에 그 사람은 서둘러 발길을 돌렸다.

그 사람은 약간 귀찮아했을 뿐 어떤 죄의식도 갖지 않은 것 같았다. 반성의 기미 같은 건 전혀 없었다. 잃어버린 기억과 함께 당시의 감정이나 의도도 모두 사라져서 반성할 필요도 못 느끼는 걸까.

기억에 없는 일을 두고 죄책감을 느끼는 건 불가능할지 몰랐다. 고통스러워하는 상대의 표정, 그 순간 자신이 느꼈던 기분을 기억해야 죄책감이 생길 것이다. 그 사람은 검색을 통해서 자신의 과거를 읽었을 뿐이다. 그런 사람한테 죄책감을 기대하는 게 잘못이었다.

나는 나 자신을 좀 더 알아야만 했다. 스스로 솔직해져야 했다. 그 사람의 요구를 들어주고 있는 진짜 이유, 숨겨 둔 내 마음과 대면해야 했다.

그 사람이 죄책감을 갖게 만들겠다는 생각은 욕심일지도 몰랐다. 내가 정말로 알고 싶은 것, 계속 의문을 가져 온 것. 그것을 그 사람에게서 확인받고 싶어서 죄책감을 느끼게 하겠다는 명분을 앞세우고 있었다. 그 사람을 이해하려면, 그리고 완전히 떨쳐 내려면 핵심에 다가가야 했다. 그러기 위해서라도 한 번은 더 만나야 했다.

21

주말에 포레 간다. 해 줄 말이 있어.

결이 문자를 받았을 때 긴장했다. 무슨 말이기에 직접 와서 한다는 걸까 싶었다.

결이네 집까지 걸어가면서 별장을 살폈다. 별장은 어두웠다. 한 번만 더 만나자고 하더니 벌써 며칠째 연락이 없었다. 그사이 별장 축대 아래에 커다란 돌덩이가 덩그러니 놓인 일이 있었다. 그 큰 돌덩이가 어디서 떨어져 내렸는지 알 수 없었다. 별장에서 굴러떨어졌는지, 누군가 그곳에 옮겨다 놨는지 도무지 알 수 없었다.

그 사람한테 무슨 일이 생겼을 수도 있지만 그걸 물어보려 먼저 연락하고 싶지는 않았다.

밤 아홉 시가 넘었는데 등을 켠 방이 없는 걸 보면 집 안에 아무도 없는 모양이었다. 그러다 보았다. 어둠 속에서 누군가 포레를 내려다보고 있었다. 다시 보니 아닌 것 같았다. 그 사람이 어두운 집 안에서 포레를 내려다보는 모습을 본 적이 있어서 착각한 것일 수도 있다.

그 사람은 내가 생각한 것보다 포레를 자세하게 알고 있다는 생각이 들었다. 밤이면 어두운 거실에 서서 포레를 살폈다는 생각이 들자 섬뜩했다. 내가 안다고 생각한 그 사람이 실은 나를 더 잘 알 수도 있었다.

결이네 집에 들어서서 마당 쪽으로 재빨리 뛰어들었다. 결이네 집은 별장을 등지고 있어서 별장에서는 결이네 마당이 보이지 않는다. 하지만 마당에 밝혀진 전등과, 모기를 쫓으려고 피워 둔 쑥 모닥불, 고기 굽는 냄새는 숨길 수가 없다는 생각에 이르자 불안해졌다. 먼저 모여 있던 어른들이 왁자하게 떠드는 소리까지 신경 쓰였다. 데크에 꺼내 놓은 TV 소리조차 거슬렸다.

"왔어?"

결이가 다가와 접시부터 내밀었다.

"오늘따라 좀 소란스럽다."

한마디 건네자 결이가 나를 물끄러미 쳐다보았다.

"너 오늘 예민해 보인다."

"그래 보이냐?"

"이 정도 가지고 시끄럽다니…… 무슨 일 있어?"

결이는 혼자 접시 두 개에 고기며 구운 채소, 감자, 김치를 되는대로 올려 담고는 나를 이끌었다.

"우린 저 뒤로 가자."

우리는 별장이 사선으로 올려다보이는 결이네 집 뒤꼍 낡은 벤치에 나란히 앉았다. 어둠 속에 몸을 숨겼다는 생각이 드니 편안해지는 것 같았다. 결이가 물었다.

"혹시 오면서 별장 봤냐?"

"왜?"

"좀 아까 저기 2층 창에 그 형 보이더라. 랜턴을 몇 번 켰다 껐다 하던데."

"랜턴?"

"그래서 혹시 네가 저 형한테 가나 했지."

나와 그 사람이 주고받던 랜턴 신호를 결이도 알고 있었다는 걸 그때 알았다.

"알고 있었냐?"

"랜턴 신호 받고 네가 별장에 가는 거 한 번 봤어. 그뿐이다."

"내가 저 형이랑 같은 패거린 줄 알았나?"

"의심 안 한 건 아니다."

"지금도 의심하냐?"

"그런 생각은 벌써 접었다."

"왜?"

"너는 동네 형처럼 생각하는 거 같아서. 저 형은 널 끌어들이러고 했을 수도 있고."

"언제부터 그런 생각 했냐?"

"북경오리 집 갔던 날."

"눈치 좋다. 나는 아직도 정확하게 모르겠는데."

"원래 가까이 어울리면 더 판단하기 힘들지. 알바 누나도 그래서 어떤 사람인지 잘 몰랐던 거 같더라."

"알바 누나라니?"

"갈빗집에서 본 알바 누나 기억나냐?"

"나지!"

"내가 무슨 말을 들었는 줄 알아?"

결이가 갑자기 정색을 하고 입을 다물었다. 나는 결이가 다음 말을 잇도록 가만히 기다렸다.

"그 누나, 우리 누나 동창이더라."

"어떻게 알았어?"

"얼마 전에 가족끼리 그 식당에서 밥 먹었거든. 할머니 생신이라. 그때 우리 누나하고 그 누나가 서로 알아보더라."

어둠에 휩싸인 별장을 올려다보며 결이가 이야기를 꺼냈다.

22

 알바 누나와 결이 누나는 같은 중고등학교에 다녔다. 어울려 다닌 건 아니었지만, 학교나 학원에서 마주치면 반가워하는 사이였다. 결이 누나는 사건이 터진 후에 알바 누나가 그 일과 연관이 있다는 소문을 들은 게 다였다. 그런데 갈빗집에서 마주친 후 알바 누나가 결이 누나한테 연락을 했다고 한다.

 알바 누나는 이한상과 어울리던 패거리의 누군가와 사귄 적이 있다. 이한상 패거리와도 잠시 어울리면서 친한 친구 둘을 패거리에 속한 남학생들한테 소개해 주었다.

 알바 누나는 사귀던 사람과 오래 만나지 않았다. 남자 친구와 헤어지며 패거리와도 점차 멀어졌지만 알바 누나가 소개한 친구 둘은 여전히 이한상 패거리와 어울렸다. 서로의 사정 때문에 알바 누나는 친했던 친구들과도 소원해졌다.

 그러던 어느 날 멀어졌던 친구가 알바 누나를 찾아왔다. 그 친구는 알바 누나가 패거리에서 빠진 뒤에 일어난 일을 알려 주었다.

알바 누나가 빠진 후 알바 누나와 사귀던 사람도 더 이상 패거리에 끼지 않았다고 한다. 연락도 받지 않고, 피해 다녔다고 알바 누나 친구들은 자기들이 모르는 갈등이 그들 사이에 있는 줄로만 여겼다. 이한상 패거리는 알바 누나 친구 둘은 빼고 자기들끼리만 만나는 일도 잦았다.

어느 일요일에 등산을 한다면서 알바 누나 친구 둘도 초대했다. 거기엔 알바 누나가 사귀던 사람도 나타나서 그들 사이의 갈등이 해소된 줄 알았다.

등산하기로 한 날 이한상이 어릴 때 살던 동네에서 모여 산으로 올라갔다. 산에 대해서라면 모두 이한상에게 의지했다. 산길을 속속들이 안다는 게 이한상한테 일종의 권위를 주었다. 그들은 자연스럽게 이한상 뒤를 따랐다.

두 시간가량 산길을 걸어 공터 같은 곳에 이르렀다. 오래전에 양봉을 했던 흔적이 남아 있는 그곳에서 패거리가 갑자기 알바 누나가 사귀던 사람을 나무에 묶었다. 알바 누나 친구 둘은 영문을 알 수 없었다. 하지만 다른 사람들은 아무도 놀라거나 제지하지 않았다. 그래서 저들 사이에 갈등을 푸는 방법일지도 모른다고 생각했다.

패거리는 한 명씩 돌아가면서 나무에 묶여 있는 친구를 폭행했다. 하지만 그 폭행은 진짜가 아니었다. 때리는 시늉만 하는 거였다. 묶여 있는 친구는 맞고 고통스러워하는 척만 했다.

"해 볼래?"

패거리가 권했지만 알바 누나 친구 둘은 거절했다.

이상한 소란은 날이 저물 때까지 계속되었다. 중간에 간식을 먹고 음료수를 마시기도 했다. 나무에 묶인 채 웃으면서 김밥을 먹고 음료수를 마시는 쪽이나, 나뭇가지를 칼처럼 휘두르는 쪽이나 즐거워 보이긴 마찬가지였다. 그리고 그 모든 과정을 이한상이 촬영했다.

"이 정도로는 실감이 없어."

이한상은 몇 번이나 그 말을 뱉었다고 한다.

산에서 내려오면서 누군가 설명했다. 오늘 찍은 건 이한상이 만드는 단편 영화의 한 장면일 뿐이라고 나무에 묶여 있던 쪽은 주인공 역할이라고.

"저 자식 꽤 벌어."

매번 이한상이 큰 비용을 지불한다는 거였다. 그런 촬영이 이전에도 있었고, 앞으로도 있을 거라고 했다. 아무 일도 아닌, 누구나 할 수 있는 쉬운 일처럼 말했다.

그때까지만 해도 정말 별일 아닌 것 같았다.

일주일쯤 뒤 누나 친구 둘은 다시 불려 나갔다. 그날도 알바 누나와 사귀던 사람이 주인공이었다. 그런데 그날 그는 뭔가 이상했다. 주인공 역할을 했던 쪽이 어디서 사고라도 당한 것처럼 절룩거리고 팔과 목덜미에 멍이 있었다.

"야, 오늘 그림 잘 나오겠네."

이한상이 카메라를 들이대고 말하자 그가 움찔했다. 하지만 누나 친구 둘은 그 모든 게 설정인 줄 알았다. 멍 자국은 분장이고, 절룩거리는 걸음걸이와 겁먹은 표정은 연기 같았다.

양봉장까지 가는 내내 농담이 이어졌다.

그런데 양봉장에 도착해 보니 지난번에 왔을 때와 조금 달라져 있었다. 세트를 만들어 둔 것 같았다. 이끼 낀 합판과 벽돌로 간이 테이블이 만들어져 있었고, 누군가 두고 간 바람막이가 꺾인 나뭇가지에 걸려 있었다. 나무둥치는 줄넘기로 묶여 있었고 가지를 끼운 걸이에 백팩도 매달려 있었다. 누군가 백팩에서 생수병과 과자를 꺼냈다. 그사이 누나 친구 둘은 빼고 저들끼리 왔던 흔적이었다.

"많이 찍었나 보네?"

누나 친구가 묻자 패거리들이 일시에 이한상을 바라보았다. 이한상의 대답은 이랬다.

"오, 관심 있나 보네? 오늘부터 너도 참가하지?"

그때도 역시 누나 친구는 싫다는 답도 좋다는 답도 하지 않았다. 하지만 뭔가 이상하다는 것은 깨달았다.

"자, 시작하자!"

이한상이 합판 테이블에 백팩을 던져 올리자 일제히 행동에 나섰다. 각자 미리 정한 일을 하는 모양새였다. 그들은 알바 누나와 사귀던 남학생을 지난번에 묶었던 나무에 다시 묶었다. 그리고 빙 둘러서는 형태로 모였다. 이한상이 소형 카메라를 작동시키자 누군가 묶여 있는 남학생 어깨를 주먹으로 쳤다.

"억."

신음이 터지자 이한상과 패거리가 외쳤다.

"실감 난다!"

알바 누나 친구는 헷갈렸다고 한다. 연기가 너무 진짜 같다고 생각했다. 그런데 이번에는 다른 누군가 묶인 남학생 다리를 찼다. 다시 헉 하는 신음이 터졌다.

모두 차례로 한 번씩 폭행을 가했다. 그때서야 누나 친구는 연기가 아니라 진짜 폭행이라는 판단이 섰다. 지난번처럼 연기를 하는 게 아니라 진짜 때린 거였다.

하지만 말릴 수가 없었다. 때리는 쪽 아이들은 지난번처럼 장난하는 듯한 분위기였다. 나무에 묶인 쪽만 지난번과 달리 진짜 고통스러워했다.

패거리 모두 뭔가 열이 올라 있었다. 그들은 마치 촬영에 몰입한 연기자들 같았다.

"이거 그냥 넘기면 안 되는 거지?"

누나 친구 둘은 전화기를 꺼냈다. 그리고 촬영한다는 것을 눈치채지 못하도록 전화기 든 손을 아래로 내리고 있었다.

"쟤들 왜 저러는 거야?"

"제가 뭐 큰 잘못이라도 했나?"

나무에 묶인 쪽은 한마디 저항도 못하고 일방적으로 맞고 있었다. 보다못한 누나 친구가 몇 걸음 다가가 겨우 항변했다.

"왜들 이래?"

그러자 이한상이 몸을 획 돌려 그 친구 얼굴에 카메라를 들이대고 말했다.

"너도 끼어. 야, 그리고 너도 해."

약간 떨어져 있는 다른 친구까지 불렀다. 모두 같이 해야 한다는 듯 위협적이었다. 결국 이한상이 카메라를 들지 않은 손으로 누나 친구의 손을 잡아끌고 가서 나무에 묶인 쪽의 얼굴을 가격했다.

"이제 한패다."

이한상한테 손을 잡힌 누나 친구가 주저앉았다. 그러자 몇 걸음 떨어져 있던 친구도 쓰러지듯 주저앉았다. 그제서야 패거리는 서로 눈치를 보며 이한상의 결정을 기다렸다.

"야, 오늘은 그만하자."

말이 떨어지자 나머지 패거리들이 재빠르게 나무에 묶인 쪽을 풀어 주었다. 이한상이 좀 전보다 더 낮고 차분한 투로 말했다.

"이거 전부 연기라는 거 기억해라."

23

알바 누나는 친구가 내민 영상을 보았다. 그들이 나눈 말소리, 때리는 소리, 신음 소리 들이 녹음되었을 뿐 영상은 거의 바닥만 찍혀 있었다. 들킬까 봐 조심하느라 제대로 찍지 못한 거였다.

친구는 다른 영상을 하나 더 보여 주었다. 그건 이한상이 찍은 영상으로, 저들끼리 보려고 돌린 거였다. 흔들리고 초점이 깨지기는 했지만 정확한 폭행 장면이 담겨 있었다. 그들은 영상을 공유하면서 한 패거리라는 걸 확인했다.

그전에도 그런 일들이 있었지만 알바 누나 친구 둘은 알 수 없었다. 비밀로 정한 일은 자기들끼리만 공유했으니까. 그런데 누나 친구 둘한테까지 영상을 보낸 걸로 보아 그날부터 패거리로 받아들인 것 같았다.

알바 누나와 친구는 그 영상을 가지고 선생님과 의논하기로 했다. 다음 날 학교에 가면 선생님을 찾아가기로 하고 헤어졌다. 그런데 그날 밤에 그 영상이 다른 학생들 사이에 돌았다. 누가 처음 공개했는지 모르지만 영상은 무섭게 확산되었다. 등교 시간이 되기도 전에 거의 모든 학생이 영상을 보게 되었다. 그렇게 사건이 세상에 드러나게 되었다.

시간이 지난 후에 알바 누나는 사귀던 남학생을 만났다. 그가 입원한 병원을 알게 되어 찾아간 거였다. 그때 그가 이런 이야기를 해 주었다고 한다.

누구든 이한상 패거리에서 자리를 잡으려면 통과 의례를 거쳐야만 했다. 패거리의 모든 구성원이 해야 하는 일이었다. 그러지 않으면 바보 취급을 견뎌야 했다.

패거리에서 견고한 입지를 다지는 방식은 여러 가지가 있었다. 한밤중에 홀로 산속을 헤쳐 온다거나, 구성원이 될 다른 사람을 끌어온다거나, 아니면 나무에 묶여 하룻밤을 산속에서 혼자 견디는 강단을 보여야 했다.

그중에 가장 난도가 높은 것이 혼자 산속에서 하룻밤을 버티는 거였다. 그는 이미 알바 누나를 패거리에 데려갔었다. 하지만 알바 누나와 헤어지면서 공은 사라졌다. 누나 친구들이 남았지만 그건 그의 공이 아니었다. 그래서 그가 난도 높은 일을 자처했다고 한다. 통과하면 그는 이한상보다 더 높은 위치가 될 수 있었다.

그런데 그가 선택한 바로 그 일이 이한상의 심기를 건드린 것 같다고 했다. 더 높은 위치에 오르려는 걸 이한상이 용납하지 않은 것 같다고 했다. 그 일은 원래 나무에 묶인 채 하룻밤을 보내면서 자기 모습을 영상으로 찍는 거였다. 스스로 찍은 영상을 패거리와 공유하고 담력을 인정받아야 했다. 하지만 이한상이 일을 뒤틀었다.

이한상이 갑자기 단편 영화를 찍는다면서 연기자가 될 것을 요구했다. 알바 누나 친구들이 목격한 그 일이 시작되었다. 그 일은 여러 번 거듭되면서 복잡해졌다. 그러다가 실감을 살린다는 명분으로 실제 폭행이 가해졌다.

실제 폭행이 있었던 첫날, 패거리의 모두가 그를 영웅으로 떠받들었다. 하지만 바로 그날 그는 보았다. 패거리와 이한상의 내면에서 터져 나오는 광기를. 패거리는 처음엔 주춤했지만 한번 주먹을 대고 나자 거침없었다. 그들의 짜릿해하는 표정을 그는 보았다.

"그만할 거다."

그는 더 이상 위험을 견딜 수 없었다. 폭력이란 실제로 당해보지 않은 이상 그 위험을 상상만 할 뿐이다. 그것이 얼마나 큰 치욕을 몰고 와 정신을 파괴시키는지.

"여기까지 왔는데 왜?"

이한상이 물었을 때 그는 항복해야 한다고 생각했다. 완전히 굴복해야 이 일이 여기서 끝난다는 것을 알았다.

"내가 잘못했어."

"뭘 잘못했는데?"

"너보다 높아지려는 거, 그게 잘못이야."

"정말 그렇게 반성하냐?"

"진심이야."

그 말을 듣고 이한상이 약속했다.

"그럼, 딱 한 번만 더 가자. 뭔가 약간 부족하거든."

알바 누나 친구 둘이 합류한 그날이 약속한 마지막 날이었다. 그리고 바로 그날 찍은 폭행 영상이 공개된 거였다.

그 일은 처음에 패거리 내의 알력 다툼 같은 거였다. 그런데 누군가 자기 위에 서려고 한다는 사실을 견디지 못한 이한상이 일을 꾸민 것이다.

반드시 이기는 위치에 서려는, 그러기 위해서는 상대를 파괴하는 것도 서슴지 않는 습성. 그게 이한상을 사로잡고 있었다. 이한상뿐 아니라 그 패거리 모두 그런 습성에 절어 있었다.

사건이 터진 뒤 그는 달라졌다. 그는 혼자 시간을 보내면서 비로소 자신의 문제를 깨달았다. 패거리와 함께 저질러 온 온갖 행동, 그리고 그런 일들을 통해 느끼는 짜릿함에 중독되어 있었다는 것을 알게 되었다.

몸과 정신에 밴 습성을 떨쳐 내는 건 고통스러웠다. 그는 자신이 해 온 생각과 행동을 고치기 위해 스스로 교정 프로그램

이 있는 병원에 입원했다.

"너는 피해자야. 걔들은 아무 반성도 없는데 네가 왜 이렇게 애를 써?"

알바 누나가 묻자 그는 단호하게 말했다.

"나는 두 번 다시 그런 놀이에 끼지 않을 거거든."

"걔들도 이제 더 이상 그런 짓은 못 하지."

"그 습관 못 버릴 거야. 걔들은, 자기들 세계 속에서 짜릿하거든. 어떤 식으로든 계속하려 들 거야."

그가 그렇게 말했다고 한다.

24

"그 형은 어떻게 됐대?"

내가 묻자 결이가 답했다.

"대학 다니다가 자원입대했대."

결이와 나는 소리 없이 앉아 있었다. 우리는 그 형에 대해 뭔가 더 이야기를 하고 싶었지만 그만두었다. 말을 함부로 꺼냈다가는 그 형의 날개에 해를 입힐 것만 같았다.

"그 형 소식, 저 형도 알까?"

결이가 별장을 턱으로 가리키면서 물었다.

"알아도 모를걸. 기억이 없다니까."

"나는 못 믿겠어. 기억 잃었다는 거."

결이는 여전히 그 사람과 그 사람 가족이 거짓말을 하고 있다고 여겼다. 하지만 내 생각은 달라져 있었다. 그 사람은 분명히 잃어버린 기억을 찾고 싶어 했다. 기억을 찾으려고 애쓰는 절박한 이유는 모르겠지만, 열망만은 느낄 수 있었다.

"기억 잃은 게 맞는 거 같더라."

"너는 나보다 잘 알겠지."

그 말은 나한테 듣고 싶은 이야기가 있다는 뜻 같았다. 결이는 나와 그 사람 사이에 뭔가 더 있다는 의심을 완전히 접지 않은 게 분명했다. 그리고 그 의심은 5년 전 사건에 내가 어디까지 연루되었는지 확인하고 싶어 하는 데서 비롯된 것 같았다.

생각했다. 내가 그 사람과의 사이에서 피해자라는 사실, 아무도 모르는 숨겨진 피해가 있다는 사실. 나는 결코 가해자와 어떤 행동도 함께하지 않았다는 것을 해명해야 했다. 결이한테 공연한 오해를 사고 싶지 않았다.

하지만 마음의 준비가 되지 않았다. 결이한테 설명하기 전에 확인해야 할 게 있었다. 그 사람이 가진 나에 대한 기억. 그 사람은 나를 어떻게 생각했는지, 그걸 확인해야 했다.

"그런데 그때 찍은 영상 나 아직 있다."

결이가 그 사람을 따라 산에 함께 갔던 날 이야기를 꺼냈다.

"그때 우리한테 영상 찍으라고 한 게 그 이유인 것 같더라."

나도 짐작하고 있던 거였다. 결이가 말을 이었다.

"우리가 찍은 걸 공유했다면 우리도 패거리가 될 뻔했지?"

"나도 그렇게 생각했다."

"그때 영상 못 찍었다고 한 거, 잘한 거다."

결이와 이야기를 나누다 보니 좀 더 확실해진 게 있었다. 그 사람은 그저 재미로 우리를 산으로 데려가서 버려 두고, 겁에 질린 표정을 짓기를 원한 게 아니었다. 그 사람이 진짜 원한 건 그런 과정을 통해서 우리가 거부하기 힘들게 만들고, 결국 우리를 자기 패거리에 합류시키는 것이었다.

그렇다 해도 그 사람의 다음 행동은 이해가 가지 않았다. 만일 그럴 의도였다면 그 사람은 한 번의 실패로 물러서지 않았을 것이다. 그런데 그 사람은 영상을 집요하게 요구하지도 않았고, 다시 우리 둘을 산으로 데려가려고 애쓰지도 않았다.

"어쩌면 그때 우리가 너무 어려서 포기했을 수도 있어."

결이 말도 틀리지 않았다. 고등학생들이 이제 막 중학생이 된 아이들을 패거리에 끌어들이기엔 부담스러웠을 수도 있다. 아직 부모의 보호가 세심한 때라 뒤탈을 걱정했을 수 있다.

하지만 그것만으로는 나와 그 사람 사이를 설명하기 힘들다. 결이는 모르는 일이 있다. 그 사람과 나, 둘이서 산에 간 적이 있다. 그때도 그 사람은 영상을 찍지 못한 나를 나무라지 않았다. 그리고 그 일을 다시 요구하지도 않았다. 오히려 그런 일을 강요해서 미안해하는 것 같았다.

바로 그게 내가 기억을 잃은 그 사람의 요구를 들어주고 있는 이유였다. 나는 그 사람이 나를 어떻게 생각했는지, 나에 대한 마음이 어땠는지 확인하고 싶었다.

25

 다른 소식도 들었다. 그 사건으로 처벌받지 않은 사람이 있다고 했다. 알바 누나를 가장 화나게 한 건 자기가 소개해 준 친구들까지 가해자로 몰려 처벌을 받았다는 것, 정작 이한상과 오랫동안 유난히 가깝게 지낸 친구는 처벌을 피해 갔다는 거였다.
 "이유가 뭐래?"
 "현장에 없었대."
 "그럼, 영상에 안 찍혔겠네?"
 "그랬다나 봐."
 "누구길래?"
 "지금 카센터에서 일한다는데. 너도 알걸? 성당 사거리에 있는 카센터. 그 형 아버지가 거기 사장이래."
 통학 버스가 다니는 길목이라 하루 두 번은 그 카센터 앞을 지났다. 가까운 곳에 여전히 그 사람 패거리가 있었다.

26

 패거리에 속한 누군가 처벌받지 않았다면, 그가 바로 영상을 제보한 사람일 수 있었다. 그게 아니라면, 운 좋게도 문제의 사건이 있던 날 합류하지 않아서 피해 갔을 수 있다.
 누굴까? 카센터 앞을 지날 때마다 살폈다. 그 사람과 유난히 친했다는 사람.
 규모가 큰 카센터라 직원도 여럿이었다. 비슷한 작업복을 입고 있어서 달리는 버스 안에서 살펴보는 데 한계가 있었다.
 며칠 지난 어느 날 통학 버스가 신호에 걸려 카센터 앞에서 멈췄다. 카센터 입구에 밝혀진 둥글고 노란 등 옆에 서 있는 사람을 나는 단번에 알아보았다. 완전히 잊고 있던 사람, 서로 말 한마디 주고받지 않은 사람, 별장 대문 앞에서 마주친 적이 있는 사람, 바로 그 형을 알아보았다. 달라진 모습이었지만 분명 그때 마주쳤던 그 형이었다.
 5년 전 어느 날 저녁에 나는 별장으로 올라가고 있었다. 대문에 가까워졌을 때 불쑥 대문이 열리고 누군가 튀어나왔다.

"야, 고주호."

그 사람이 그렇게 부르며 뒤따라 나오고 있었다. 대문 앞에서 마주친 그 형의 표정이 기억났다. 한 번도 본 적 없는 나를 다 안다는 듯 훑어보던 눈빛. 가로등으로 날아드는 나방을 보듯 나를 보던 그 눈빛이 생생했다.

"야, 고주호. 너 입 다물어라."

그 사람이 외치며 뒤따라 나오고 있었지만 아랑곳하지 않고 나를 밀치며 뛰어 가 버린 사람.

*

바로 그 형이었다. 그 고주호가 카센터에 있었다.

며칠 동안이나 고주호 형을 만나야 한다는 생각에 매달렸다. 그러다가 학원에서 돌아오는 길에 불쑥 카센터 근처 정거장에서 내렸다. 만나서 뭘 할지, 무슨 말을 할지, 물어볼 말이 있는지조차 따져 보지 않았다.

"포레 살던? 그 꼬맹이!"

그 형도 나를 기억하고 있었다. 완전히 달라진 내 모습에서 5년 전의 꼬맹이를 단박에 찾아냈다. 하지만 내가 아직도 포레에 살고 있는지는 모르겠다는 투였다.

"지금도 포레 살아요."

내가 답하자 그는 하던 일을 계속하면서 물었다.

"그래? 그런데 벌써 카센터에 올 나이는 아닌데. 무슨 일로 왔나?"

답을 하지 않자 잠시 나를 물끄러미 바라보더니 긴말할 필요 없다는 듯 이렇게 말했다.

"지금은 안 되고, 내일 저녁…… 일곱 시에 보자. 어디가 좋을까?"

묻고는 이어 말했다.

"내가 포레로 가지. 거기가 안전하고 편하지?"

그의 눈에는 내가 아직 5년 전의 중1인 것 같았다. 하지만 불쾌하게 들리지는 않았다. 그가 도리어 나를 배려해 준다는 느낌이 들었다.

그는 그 사람이 돌아왔다는 걸 모르는 건가? 알면서도 포레로 온다는 건가? 의문이 들었다. 하지만 그 사람에 대해서는 말을 꺼내지 않았다.

27

 멀리 오토바이 한 대가 오는 게 보였다. 거침없이 달려 온 오토바이는 내 앞에서 멈췄다. 주호 형이었다. 형은 턱으로 뒷자리를 가리켰다. 금세 집 앞에 도착했다.
 "여기 세워 둬야겠다."
 "우리 집 여긴 거 알고 있어요?"
 "아직 포레 산다고 하지 않았냐!"
 우리 집을 어떻게 알고 있냐는 의미였는데 형은 어제 내가 한 말로 받았다. 형이 헬멧을 오토바이 핸들에 걸며 툭 말했다.
 "시간 오래 못 낸다."
 주호 형이 별장 쪽 길로 앞섰다. 나는 주호 형이 별장으로 들어가려는 건 아닌지 불쑥 불안했다. 뒤따르는 내 발걸음이 조심스러웠는지, 나를 돌아보면서 형이 먼저 말을 꺼냈다.
 "이한상, 그 자식 돌아와 있다는 소문은 들었다."
 이한상이 돌아와서 별장에 있다는 것까지는 안다는 거였다.

"나도 본 지는 꽤 됐다. 마지막으로 본 게 그날이었지. 그 뒤로는 서로 연락도 안 했다."

"그날 언제요?"

"이한상이 말 안 했어?"

"무슨 말요?"

주호 형은 잠시 말없이 걷다가 물었다.

"혹시 이한상이 나 보자고 했냐?"

나를 의심하는 투였다. 이한상의 부탁을 받고 자신을 불러들인 심부름꾼 정도로 여겼던 모양이다. 하지만 주호 형이 그 질문을 하는 순간 나는 생각했다. 주호 형은 이한상이 기억을 잃었다는 걸 아직 모르거나, 안다고 해도 믿지 않는다.

"왜, 그렇게 생각했어요?"

"이한상이, 너를 두고 스파이 잘할 것 같다고 한 적이 있어서 그런 생각이 들었나 보다."

"나한테도 그 말 한 적 있어요. 스파이 하면 성공하겠다고요."

"그건, 네가 마음에 들었다는 말인 것 같다."

내가 그 사람을 의심하고, 위험하다는 것을 알면서도 계속 만났던 이유를 건드리는 말이었다. 그랬다. 나는 그 사람이, 적어도 나한테는 못된 의도를 갖지 않을 거라는 오만한 믿음이 있었다. 그래서 그 사람이 어떤 짓까지 할 수 있는지 알면서도, 쉽게 떨쳐 내지 않고 미적거리고 있었다.

내 생각을 조롱이라도 하듯 주호 형이 이렇게 물었다.

"너, 이한상 어디까지 알고 있냐?"

5년 전 그 사건에 대해 얼마나 알고 있는지 묻는 거라고 생각했다. 다시 말해 그 사건으로 주호 형만 처벌받지 않은 이유를 알고 싶은 거냐는 질문일 수도 있었다. 내가 답했다.

"기사에 올라온 대로만 알아요."

"나도 그 일은 소문대로만 안다. 내 말은 이한상을 얼마나 알고 있냐는 거지."

나는 주호 형의 질문을 이해할 수 없었다. 주호 형과 내가 알고 있는 이한상이 서로 다르다는 말 같았다.

"형은 어디까지 알고 있어요?"

되묻자 주호 형이 혼자 고개를 끄덕였다.

"그래. 그렇지. 우리가 그걸 알아보고 싶은 거지. 너도 그걸 알고 싶어서 날 찾아왔을 테고."

주호 형의 말이 이어졌다.

"오늘 너를 만나러 온 건 그때 모른 체한 게 걸려서야. 이번 한 번으로 끝이고."

주호 형은 별장 대문 앞에서 마주친 일을 마음에 담아 두고 있었다. 그날 두 사람 사이에 심한 다툼이 있었다는 건 알았지만 그게 뭔지는 전혀 눈치채지 못했다. 하지만 그날 일이 마음에 걸려 있다는 건, 그날 일에 내가 관계있다는 말로 들렸다.

28

"이한상하고는 중3 때 같은 반이었다."

주호 형이 보기에 그때 이한상은 조용하고 딱히 어울리는 친구는 없었지만 호락호락해 보이지도 않았다. 무엇보다 주호 형을 경계하지 않았다.

"처음엔 그 점이 싫지 않더라고."

둘이 가까워지면서 자연스럽게 주호 형의 친구들과도 어울리게 됐다. 주호 형 친구들은 새로 합류한 이한상을 환영하는 분위기였다. 이한상이 모여 놀 수 있는 장소로 집을 제공했기 때문이었다. 그들은 아무 간섭 받지 않고 모일 수 있는 곳이 늘 간절했다.

"거의 주말마다 거기서 보냈는데 그 자식 부모를 만난 적이 없어. 부모가 자기를 귀찮아한다더라고."

하지만 아주 방치하는 건 아닌 것 같았다. 냉장고는 먹을거리로 꽉 채워져 있었고, 필요한 물품들도 부족함이 없었다. 다만 그런 준비를 해 두는 부모는 보이지 않고, 집안일을 봐주러 오는 아주머니만 가끔 보였다. 시간이 흐른 뒤에 이한상이 가족 이야기를 짧게 했다고 한다.

"엄마가 셋인데. 형을 낳은 엄마, 자신을 낳은 엄마, 그리고 지금 아버지와 사는 엄마. 셋 다와 잘 지낸다고 자랑삼아 말하더라고."

점차 알게 된 사실이지만 이한상 아버지는 이 지역에서 알 만한 사람은 다 아는 지역 인사라고 했다. 이 지역과 관련된 여러 일에 이한상 아버지가 연관되어 있으며, 이 지역에 땅이나 산도 다수 소유하고 있고, 친인척도 많은, '지역 유지 일가'의 대표나 마찬가지라고 했다.

이상한 점이 있었다. 나는 이한상 엄마에 관해 별다른 이야기를 들은 적이 없다. 이한상 엄마가 계모라면 삽살개 집 아저씨와 봉하 씨도 알았을 것이고, 그러면 나도 알게 되었을 것이다.

주호 형 말이 맞다면 그건 이한상이 꾸며 낸 이야기일지도 모른다. 관심을 끌고 싶을 때, 혹은 감추고 싶은 다른 일이 있을 때 혼란을 주기 위한 속임수 같은 거라고 생각했다. 실제로 나는 예전에 별장에서 가사를 돌보는 아주머니를 이한상 엄마로 알았다.

"우리 엄마야."

이한상이 그렇게 소개했기 때문이었다. 나중에 내가 사실을 알게 되자 그는 이렇게 변명했다.

"아, 내가 아줌마 관심이 좀 필요해서."

그리고 더 나중에 이한상 엄마를 직접 보게 되었을 때는 이렇게 말했다.

"아무한테도 말하지 마라."

그때 내가 왜냐고 묻자 이한상은 이렇게 답했다.

"누가 우리 집안일 들먹이는 거 싫다."

그 뒤로 이한상이 솔직하게 말하는 게 별로 없다는 사실을 점차 알게 되었다. 이한상이 자신에 대해 말하는 건 거의 전부가 무대 장치 같은 거였다. 그렇다고 거짓말에 일정한 방향성이 있어 보이지도 않았다. 그때그때 내키는 대로 자신을 둘러싼 환경을 꾸며 대는 습관이 있다고 생각했다. 나는 이한상을 이해해 주려 했다. 딱히 누구에게 피해를 주는 것도 아니고, 악의가 있어 보이지도 않았다. 그 가벼운 거짓말을 모른 체 해 주는 것이 의리를 지키는 방식이라고 생각했다.

주호 형이 나를 흘깃 보더니 말을 이었다.

"그 자식 버릇을 알고는 있었지만, 묘하게 측은하더라고. 오죽하면 그런 이야기를 꾸며 내나 싶은 게."

주호 형이 뒤꿈치로 바닥을 탁 찼다. 알면서도 속은 게 화가 났을 수도, 자기가 품었던 값싼 감정에 화가 난 걸 수도 있다.

"어쨌든, 그 자식이 하자는 대로 따라간 게 그때부터야."

여느 때와 마찬가지로 별장에 모여 있던 어느 날이었다. 누군가는 문제집을 풀고, 누군가는 숙제를, 또 누군가는 게임을 했다. 각자 다른 일을 하지만 한 장소에 모여 있는 것만으로도 좋았다. 그런데 그날 이한상이 불쑥 산에 가 보자고 제안했다. 종일 집 안에 있었더니 저녁에는 학원가에라도 나가고 싶은 마음이 스멀거리던 차라서 누구 하나 싫다고 하지 않았다.

그맘때쯤엔 주호 형도 이한상을 어느 정도 파악하고 있었다. 자기 머릿속에 구축해 둔 세계에 맞도록 뭐든 꾸며 대는 버릇이 있긴 하지만 나쁜 짓은 하지 않는 놈이라는 신뢰가 있었다. 이한상은 컴퓨터 게임이나 야한 이야기에는 관심이 없었고, 술이나 담배는 말조차 꺼내지 않았다. 그런 점이 주호 형과 친구들한테 믿음을 주었다.

이한상에게는 건전한 관심거리가 있었다. 이한상은 이 지역 산맥과 지형을 훤히 꿰뚫고 있었다. 매사에 심드렁하던 이한상이 산에 대한 이야기를 할 때면 눈빛이 살아났다. 그런 이한상이 산에 가자고 하니 덩달아 흥미가 돋았다.

저녁이었다. 모험을 떠나는 기분에 들떠 물이며 과자를 챙겨서 몰려 나갔다. 막상 산에 들어서니 겁이 났다. 휴대폰 랜턴을 켜고 여럿이 함께 있어도 두려운 건 사실이었다. 너무 먼 곳까지 왔다는 생각이 들어 앞서가는 이한상을 불렀다. 그런데 이한상이 불쑥 멈춰 서더니 한마디 했다.

"다들 랜턴 꺼. 여기 들개 많다."

일시에 랜턴을 끄자 완전한 어둠 속이었다.

"무섭냐?"

이한상이 물었을 때 아무도 답을 하지 못했다. 그러자 이한상이 이렇게 말했다.

"그럼 무섭지 않게 재미있는 게임이나 할까?"

이한상이 제안한 게임은 이런 거였다. 혼자 어둠 속에 남아 얼마나 견딜 수 있는지, 가장 오래 견디는 사람이 이기는 게임. 다시 말해 무서움을 극복하기 위해 더 무서운 경험을 하자는 거였다. 그러고 나면 이까짓 어둠쯤이야 아무것도 아니게 될 거라고 했다.

"이기면?"

누군가 묻자 이한상이 답했다.

"이기면…… 이기면 대장 하는 거지."

"대장? 그러면 모두 대장 말에 따르는 거지?"

"아, 단. 다른 사람이 그 기록을 깰 때까지만 대장 하는 걸로 하자. 어때?"

아무도 적극 반대하지 않았으므로 게임을 하자는 쪽이 되었다. 그러나 먼저 하겠다고 나서는 사람이 없어 서로 눈치를 살피고만 있었다. 이한상이 먼저 하겠다고 나섰다.

"일단, 나를 나무에 묶어."

모두 어리둥절해하자 이한상이 설명했다.

"묶는 시늉만 하라고. 그래야 이 자리에서 버텼다는 게 증명되지. 안 그래?"

"무슨 끈이 있어야지?"

결국 각자 운동복 바지 허리끈을 뽑아내 이어서 이한상을 나무둥치에 묶었다.

"니들은 이제 숨어."

"우리가 숨어?"

"그래야 혼자 있는 기분이 나지."

생각보다 이한상은 오래 버티지 않았다. 약 5분 후 친구들을 불렀다. 이한상이 시범을 보이고 나자 두려움이 조금 사그라든 것 같았다. 그리고 오래 버티지 않아도 되었다. 이한상이 버틴 5분 정도면 되었다. 숨어서 지켜보는 쪽도 혼자 버티는 쪽도 긴장과 재미를 느끼기 시작했다. 어둠에 휩싸인 산속이 게임을 즐기는 장소가 되었다.

게임이 끝난 뒤의 재미도 더해졌다. 5분을 기준으로 거의 초 단위로 시간을 재서 승리자를 가리고, 승리자는 다음 게임에서 승리자가 나올 때까지 대장 노릇을 할 수 있었다.

고등학교에 갈 때까지 간간이 게임을 했다. 그 뒤로 몇 번 하다 보니 다들 처음의 흥미를 잃기도 했고, 귀찮아해서 게임은 흐지부지되었다.

산에 가는 일은 줄었지만 별장에서 모여 노는 건 계속되었다. 그들은 그저 모여 있는 게 좋고 서로 마음이 맞다고 생각했다. 부모들이 걱정할 일에는 손대지 않았다. 별장에 모여 있는 걸 안심하는 부모들까지 있었다.

고등학교에 들어가면서 약간 상황이 달라졌다. 학교가 달라지면서 소원해진 친구가 생겼다. 한 명은 이사 가는 통에 아주 멀어졌고, 또 한 명은 스스로 멀어졌다. 이제부터 성적에 신경 쓰겠다는 게 이유였다.

다른 친구들도 고등학교에 들어가면서 변했다. 모두 적어도 두어 과목씩은 학원에 등록했다. 자연스레 별장이 아닌 학원가에서 모이는 날이 늘었다. 주말이나 휴일에 별장에서 모이는 횟수가 점차 줄어들었다. 모이는 인원도 줄었다.

"그러다가 어느 날 이한상이 새로운 애들을 소개하더라고."

이한상이 어떻게 가까워졌는지는 모르겠지만 새로운 친구를 한꺼번에 셋이나 소개했다.

"그때부터였어. 분위기가 거칠어진 것 같더라고."

예전에 하다가 싫증 나서 치워 버린 그 게임에 새로운 구성원들이 무척 열의를 보였고, 게임에서 이기면 마치 실제 계급이 올라간 것처럼 굴었다. 그때쯤이면 주호 형은 별장에도 잘 가지 않았고, 게임에도 참여하지 않았다. 그래서 진짜 대장처럼 구는 게 이상하기까지 했다. 새로 들어온 친구들은 다시 새

멤버를 한둘씩 끌어들였다. 그러다 보니 이한상은 완전히 새로운 패거리 한 팀을 꾸리게 되었다.

그 일 때문에 주호 형은 불만이었지만 어쩔 수 없었다. 그건 이한상의 선택이라고 생각했다. 주호 형은 그 게임에 참여하고 싶은 마음이 없었다. 하지만 주호 형과 어울리던 다른 두 명은 새로운 친구들과 어울리면서 게임에 종종 참여하고 있었다.

"그러다가 그 애들이 게임에 매달리는 이유를 알게 되었어."

그건 바로 돈이었다고 한다.

"이한상이 게임에 이기면 돈을 준다는 거야. 그것도 많이. 새로 들어온 친구들은 돈이 절실한 놈들인 모양이더라고. 그리고."

"그리고요?"

"재미로 하던 그 대장 노릇도 달라지고, 서열도 엄격해졌더라고."

패거리 사이에 생긴 서열은 견고해 보였다. 함부로 침범하지 못하는 분위기였다. 이따금 어울리는 주호 형이 보기에는 뭔가 위험해 보이기까지 했다.

"그러다가 걔들이 위험한 놀이를 하는 것 같은 낌새를 알게 됐지."

"그게 뭔데요?"

"정확하게는 몰랐지. 뭔가 비밀이 많아졌더라고."

주호 형이 알게 된 낌새는 이랬다. 게임의 규칙이 바뀌어 혼자 어둠 속에서 보내는 시간이 아니라, 뭔가 다른 걸 견디는 것 같더란 거였다.

"추측으로는 구타였어."

"구타요?"

"그뿐 아니라, 그걸 영상으로 찍어서 자기들끼리만 공유하는 것 같더라고."

그 구타 영상을 주호 형과 초기부터 어울리던 친구가 보고 있는 걸 우연히 엿보게 되었다고 했다. 한 친구를 나무에 묶어 두고 돌아가면서 구타하는 영상은 진짜는 아닌 것 같았다. 맞는 쪽이나 때리는 쪽이나 모두 연기를 하는 것 같아 보였다. "절실하게 해."라는 목소리도 섞여 있었다.

몰래 보던 영상을 들킨 친구가 '장난'이라면서 웃는 걸 보며 장난이 좀 심하다고 생각했다. 그리고 그 무렵 새로운 친구들이 몇 합류하게 되었는데, 여자애들이었다.

"자기들끼리는 영입에 성공했다고 난리더라고."

"본 적 있어요?"

"좀 뒤에 봤지."

"혹시 누군지 알아요?"

주호 형은 잠시 입을 다물고 있다가 이렇게 답했다.

"그 여자애들 중에 같은 중학교 다니던 애가 있었어."

"누군데요?"

"거기까지 말하긴 그렇고. 아무튼 그 여자애들 덕에 그 자식들 짓거리가 세상에 알려진 거나 마찬가지야."

"그래요?"

"그래요, 라니?"

"형이 제보한 줄로 짐작했거든요."

"난 아니고. 나도 짐작만 해."

"누구 같은데요?"

"피해자 중 한 명이라는 것 정도만 짐작해."

"피해자가 여럿이란 말입니까?"

주호 형이 나를 물끄러미 쳐다보았다. 마치 너도 피해자 아니냐? 하고 묻는 것처럼 무표정한 얼굴로 말했다.

"내가 그 자식들을 손절한 게 그 때문이야."

여자애들을 끌어들인 뒤에 이한상 패거리는 한동안 커플 놀이에 열중했다고 한다. 여자애들이 없을 때면 자기들끼리 누가 누구와 사귀어야 하는지를 놓고 옥신각신했다. 그러다가 이한상이 한 여자애를 선택했다. 알고 보면 당시 게임을 통해 정해진 서열대로 선택한 거였다. 그 과정에서 불만이 생긴 한 친구가 거칠게 대응했고 결국 이한상과 크게 한판 싸웠다는 말을 들었다. 그로 인해 이탈자가 생기고, 새로운 멤버가 들어오는 등 한동안 혼란이 이어진 것 같았다.

"그러다 어느 날 이한상이 문자를 했더라고."

해결해야 할 일이 있으니 주호 형도 참석해 달라는 거였다.

"하도 간절하게 부탁해서 포레에 갔지."

그때 주호 형은 정말 오랜만에 별장에 갔고, 산에까지 가게 되었다. 그사이 게임이 그런 식으로 바뀌어 있을 거라고는 상상도 하지 못했다. 주호 형이 장난으로 알고 있던 그 구타 장면은 실제였다.

"장난이던 게임이 언젠가부터 실제로 바뀐 것 같더라고."

주호 형은 그날 실제 구타를 보았다. 처음엔 장난인 줄 알았지만 어느 순간부터 실제로 변했다. 그때 주호 형은 이한상의 만류를 뿌리치고 산에서 혼자 내려왔다. 그런데 그날 피해자 역할을 했던 친구가 크게 반발했다. 주호 형 때문에 자신이 진짜 피해자라는 걸 비로소 자각한 거였다.

"그 일을 덮으려고 이한상이 큰돈을 썼다고 들었어."

"그런데 왜 그때 바로 신고하지 않았어요?"

내 질문에 주호 형은 바보가 되어 버린 것처럼 웃었다.

"그때 난 공부에 신경 쓰고 있었거든. 하고 싶은 일이 생겨서 대학에 갈 결심이 섰어."

"그런데요?"

"이한상, 그 자식이 나도 공범이라고 협박하더라고. 나도 오랫동안 어울리고 산에 함께 갔으니까 공범이라는 거지. 그 말이 무섭더라고. 사실 나야말로 아주 초기 멤버니까."

"실제로 누굴 구타한 적은 없잖아요."

"구타 장면을 함께 봤다는 거지. 그 자식이 아버지 지인 중에 변호사도 많다면서, 순조롭게 대학 가고 싶으면 알아서 조심하라고 위협하더라고."

그런 일이 있고 나서야 주호 형은 자기가 알던 이한상이 아닌 걸 깨달았다. 뜸해진 사이에 이한상은 완전히 다른 사람이 된 것 같았다고 했다. 장난으로 시작한 게임은 실제 폭력으로 바뀌었고, 그들 사이엔 저들만의 계급이 형성되어 서로 높은 계급을 차지하려는 치열한 경쟁에 휩싸여 있었다.

거리를 두고 있던 주호 형 눈에는 그 위험한 점이 보였다. 주호 형은 이한상을 찾아가 그 위험을 알리기로 했다. 이한상이 받아들이지 않으면 관계를 끊기로 마음을 굳혔다. 그런데 이한상은 도리어 주호 형을 배신자로 몰았다. 둘은 심하게 다투다가 결국 주호 형이 별장에서 뛰쳐나왔다.

"그게 바로 그날이야."

이한상 패거리를 다시는 보지 않을 생각으로 싸우고 뛰쳐나오면서 대문에서 마주친 사람이 바로 나였다.

주호 형은 나를 보는 순간 알아봤다고 했다. 몇 달 전부터 이한상이 공들이는 어린애가 있다고 들었다. 포레에 새로 이사 온 중1짜리가 자기를 무척 따른다고 하면서 낄낄대는 걸

봤었다.

"네 영상도 봤어."

"무슨 영상이요?"

한밤중에 이한상과 내가 둘이서 산속을 헤매는 영상이더라고 했다. 이한상이 그 영상을 보여 주면서 "귀엽지?"라고 했다. 그날 대문 앞에서 마주친 내가 이한상이 말한 애라는 것을 주호 형은 알아봤다. 그리고 내가 다음 피해 대상으로 찍혔다는 걸 알고 있었다. 주호 형은 그걸 알면서도 나한테 알려 주지 않은 게 마음에 걸렸다고 했다.

"그 사건이 터지고 나서 혹시 너도 당한 게 아닌가 했지."

"난 아니었어요."

"다행이네."

"피해자가 몇이나 된대요?"

"모르지. 짐작으로는 한 서너 명 될 것 같던데."

"그중에 여자도 있어요?"

"아마."

"그런데 기사에는 여자가 피해자라는 말은 없잖아요."

"영상에 안 찍혔으니까 직접 증거가 되지 못했을 수도 있고. 협상을 했을 수도 있지. 아무튼 내가 아는 건 여기까지야. 그런데 넌 이제 와서 그때 일을 왜 들추는 거지?"

"이한상이 내가 마음에 들었다고 했다면서요."

나는 형이라고 하지 않고 '이한상'이라고 정확하게 호명했다. 내가 어떤 의도를 가지기도 전에 내 가슴에서 말이 나갔다.

"그건 무슨 말이야?"

주호 형이 되물었다.

"좀 전에 그랬잖아요. 스파이 잘하겠다면서, 그런 말은 이한상이 나를 마음에 들어 한 거라고."

그러자 주호 형이 나를 무섭게 바라보았다.

"오해하면 안 돼! 그 자식이 마음에 들었다는 건, 자기 놀잇감이 생겨서 기쁘다는 거라고. 그 자식은 누가 고통받는 거 보면서 짜릿해하는 데 중독됐어!"

주호 형 말 중에 내가 이해하는 부분도 있고, 이해할 수 없는 부분도 있었다. 나는 아직 이한상에 대해 완전히 선을 긋지 못하고 있었다. 일말이라도 이한상이 나한테 순수한 선의가 있다고 믿고 있었다. 그래서 계속 이한상에 대해 알고 싶어 하는 거였다. 그게 나의 나약한 부분이라는 것을 그때 알았다.

주호 형이 말을 이었다.

"내가 모르는 일이 둘 사이에 있나 본데. 정확하게 대응해. 이한상은 그래야 겁먹어."

주호 형은 자신을 향한 비난이 있다는 것을 안다고 했다. 이 지역에 자리 잡은 아버지가 있어서 이한상을 쉽게 손절할 수 있었던 건 사실이라고 했다. 하지만 자신을 보호하는 건 힘 있는 부모가 아니라 공개적으로 정확하게 대응하려는 용기라고 덧붙였다.

"형은 그런 용기 없었잖아요."

"그랬지. 그 벌 받느라 몇 년이나 허비했어."

"이제 어쩔 건데요?"

"이제, 나도 다시 시작해야지."

주호 형이 헬멧을 집어 들고 별장 쪽을 올려다보았다. 별장은 어둠에 파묻혀 있었다. 이한상이 있을 수도 있고, 없을 수도 있었다. 주호 형은 별장에 이한상이 있건 없건 신경 쓰지 않겠다는 듯 어깨를 뒤로 젖히고 자세를 바로잡았다. 오랫동안 말려 있던 어깨를 활짝 펼치기라도 하는 것 같았다.

주호 형이 포레에서 보자고 한 이유를 짐작했다. 주호 형은 측은한 마음에서 시작해 끌려다니던 관계를 이제야 털어 낸 것 같았다. 그리고 완전히 털어 냈다는 것을 이곳에서 확인하고 싶었던 것 같았다.

3장

너와 나에게

29

"그 자식이 너한테 무슨 말을 했건 진심 같은 건 없어. 그 자식은 그냥 습관대로 하는 것뿐이야."

주호 형 말에 나는 동요하지 않았다. 내가 이미 알고 있는 걸 확인해 준 것 같았다. 내가 알고 있고, 주호 형도 알고 있다면 더 많은 사람이 알고 있을 것이다. 이한상 가족들, 어울렸던 사람들도 이한상이 어떤 사람인지 알고 있다.

이한상만 자신이 어떤 사람인지 모른다. 기억을 잃어버렸으니까. 만일 기억을 잃은 척하는 거라면, 자신이 어떤 사람인지 모르는 척해야 하는 벌을 감당해야 한다. 어느 쪽이든 자신을 잃어버린 건 마찬가지다. 진심은 기억이 온전한 사람이나 감당할 수 있지, 기억을 잃어버린 사람은 감당 못 할 것이다.

별장은 어둠에 묻혀 있었다. 며칠째 이한상은 연락도 없고, 집에도 없는 것 같았다.

별장 모서리에서 텃밭 쪽으로 돌아서려는데 수다가 '으릉'

거렸다. 과묵이 줄을 팽팽하게 당기며 나섰다. 어둠 속에 누군가 있는 모양이다. 며칠 전 닭을 키우는 집에 산짐승이 침입했었다는 말을 들었다. 멧돼지나 노루라면 고구마밭이나 옥수수밭을 노렸을 것이다. 닭을 노리는 짐승이니 주의해야 한다. 어쩌면 그 일을 의논하러 오늘 봉하 씨가 1호 집에 간 걸지도 모른다.

"컹."

과묵이 낮게 뱉었다. 나도 긴장했다. 숲에 있는 게 뭐든 포레 안으로만 들어오지 않으면 상관하지 않는 것이 좋다. 산에 사는 동물도 포레로 들어오는 건 모험이라 여기는지 조심하기는 한다.

어둠 속에서 뭔가 움직이는 기척을 나도 보았다. 산으로 올라가는 계단 위였다. 분명히 계단 근처에서 뭔가 움직이고 있었다.

"휙."

산짐승이면 알아서 돌아가라고 휘슬을 불었다. 공연히 수다와 과묵과 맞붙어 온 동네를 시끄럽게 만들 필요 없었다. 휘슬 소리에도 움직임은 계속 이어졌다. 뒤이어 계단에 희미한 형체가 드러났다. 사람이었다. 여럿은 아니었다. 한 사람이었다. 랜턴도 없이 밤에 혼자 산에 가다니? 누굴까? 명확해지기를 기다리고 있는데 불쑥 랜턴 빛이 눈을 찔렀다.

"뭐 하냐? 우리 집 앞에서?"

이한상이었다. 뭔가 들킨 것 같은 기분이 든 건 도리어 나였다. 내가 별장을 염탐이라도 하고 있는 것처럼 쏘아붙이는 말투가 그런 기분이 들게 했다.

"밤에 왜 거기서 내려와요?"

받은 질문을 건너뛰고 그렇게 되물었다. 그러자 이한상이 랜턴을 되는대로 흔들면서 다가왔다.

과묵이 짖자 멈춰 서서 과묵과 수다를 향해 번갈아 랜턴을 쏘았다. 웬일인지 수다가 꼬리를 잔뜩 내리고 내 곁에 붙어 섰다. 과묵은 내 다리에 다가서지는 않았지만 꼬리는 바싹 내렸다. 어둠 속에서 이한상이 희미하게 웃는 것만 같았다.

"그래. 개는 개답게 굴어야지."

부드럽게 말했다. 하지만 우리 앞으로 더 다가오지는 않았다. 몇 걸음 거리를 두고 서서 물었다.

"너는 밤에 산에 안 가?"

무슨 의미로 물은 건지 알 수 없어서 포레 주민답게 답했다.

"밤에는 나들 조심하죠."

"아 그래. 밤에 산은 위험하지. 짐승들도 있고, 또……."

말을 하려다 문득 멈추면서 내 얼굴을 보았다.

"왜요."

"아냐, 방금 뭔가 생각나려다가 사라졌네. 요즘 자주 이래."

"기억이 떠오를 때가 있어요?"

"아니, 그건 아니고. 자꾸 산에 가고 싶네. 답답해서 그런가?"

답답하다는 말은 이해되었다. 하는 일도 없이, 기억도 없이, 종일 혼자 별장에 갇혀 있다시피 하는 게 답답할 것이다.

"그런데 내가 전에도 산을 좋아했나?"

그 질문에 어떻게 답해야 할지 몰랐다. 그러자 이한상이 공격성이 완전히 사라진 목소리로 중얼거렸다.

"자꾸 산에 가고 싶은 게, 산이 나를 끌어당긴다고 해야 하나! 설마 귀신 든 건 아니겠지?"

그런 말을 뱉어 놓고는 내 눈치를 살피더니 물었다.

"한 번 남았지?"

무슨 말인지 알아들었다. 지난번 만났을 때 한 번만 더 부탁을 들어달라고 했던 약속을 확인한 거였다.

"뭐 궁금한 게 생겼어요?"

남의 일 대하듯 묻자 이한상이 이렇게 말했다.

"우리가 같이 산에 가 본 적이 있나?"

"뭐 생각나는 거라도 있어요?"

되도록 감정을 드러내지 않으려고 애쓰면서 되물었다.

"전에 쓰던 전화기를 찾았는데, 그 안에 동영상이 있어."

"무슨 영상이요?"

물었다. 그런데 이한상은 태연하게 말했다.

"너도 있더라고. 같이 산에도 다녔고 말이지."

"내 영상이 있어요?"

"그렇다니까?"

이한상은 습관처럼 나를 힐끗 쳐다보더니 이렇게 말했다.

"같이 산에 가자면 갈 거지?"

내가 답하지 않자 이한상은 손가락을 뒷머리에 집어넣어 신경질적으로 긁더니 말했다.

"그 영상에 대해서는 설명을 좀 들어야 할 것 같은데?"

나는 영상이 들어 있는 전화기를 내놔 보라는 식으로 손바닥을 내밀었다. 이한상이 내 손바닥을 물끄러미 바라보다가 턱으로 별장을 가리켰다. 전화기가 집 안에 있으니 같이 들어가자는 뜻인 것 같았다.

"지금은 안 됩니다. 애들 산책 시키고 나서 할아버지가 허락하시면 연락할게요."

"그래?"

갑자기 랜턴을 끄고 별장 대문 쪽으로 몸을 놀린 이한상 입에서 이런 말이 흘러나왔다.

"보면 너도 놀랄 거다."

꼭 오라는 말이었다. 이한상의 행동 패턴을 알고 나면 그 정도를 유추해 내는 건 어렵지 않았다.

포레를 한 바퀴 돌고 집에 왔을 때에도 봉하 씨는 없었다. 이야기가 길어지는 모양이었다. 이한상한테 다음 날 저녁에 보자는 문자를 보냈다. 즉시 이런 답이 튀어나왔다.

"피하지 마라."

위협적인 말투 그대로였다. 기억은 잃어도 습성은 여전하다는 생각이 들어 웃음이 났다.

밤 열한 시가 다 되어서야 봉하 씨가 들어오는 소리가 들렸다. 대문에서부터 이것저것 단속하고 정리하면서 과묵과 수다를 살피고 뒤꼍 보일러실 고양이들 사료 그릇까지 확인하고 현관에 들어서려면 적어도 20분은 걸린다. 옷자락을 탁탁 터는 소리가 나기에 현관문을 열었다.

"늦었네요?"

"그려."

"무슨 일 있대요?"

봉하 씨는 포레에서 일어나는 일이라면 대체로 이야기해 주는 편이다. 내가 염두에 두고 조심하기를 바라서다. 그런데 오늘은 좀 다른 일이었다.

"별장이 팔렸다는구만?"

1호 집 아저씨가 들은 바로는 부동산에 등록된 매매가의 절반도 안 되는 금액에 계약되었다고 한다. 포레 주민들이 급히 모인 이유가 그거였다. 포레에서 몇 년 만에 처음으로 매매가 이루어졌는데, 기대한 가격의 절반 아래라는 것. 집값이 추락한 만큼 포레 주민들의 절망도 깊을 거였다. 그래서 대책 회의를 했을 것이다. 하지만 그런 일이 대책 회의를 한다고 해결될 문제는 아니라는 걸 포레 사람들도 모두 안다. 답답하니까 모여라도 본 것이다.

"언제까지래요?"

"얼마 안 남은 모양이네. 저쪽 사정에 다 맞춰 줬다는구만. 둘째 놈 때문에라도 임자 나섰을 때 팔아 치운 모양이여."

"그 형이 무슨 문제라도 일으켰어요?"

이한상이 돌아온 뒤부터 포레에 일어난 자잘한 일들이 전부 수면으로 떠오른 모양이었다. 이를테면 별장 마당에 들개가 죽어 있던 일, 텃밭이 알 수 없는 이유로 망가진 일, 난데없는 돌덩이가 도로 한가운데 덩그러니 있던 일, 하다못해 노루가 옥수수밭을 망가트린 것까지 이한상한테 덤터기 씌운 모양이었다. 올해 포레에서 일어난 일들 중 9할은 별장과 상관없을 것이다. 그걸 알지만 별장이 포레 사람들한테 절망을 안겨 준 벌은 받아야 했다. 그 벌이 이한상한테 집중된 것 같았다.

"그런데 그 집 둘째가 산에 올라갔다가 또 다쳤다네."

바로 몇 시간 전에 만났을 때만 해도 이한상이 몸을 다친 낌새는 없어 보였다. 하지만 며칠 동안 이한상한테서 연락이 없었던 이유가 다쳐서라면 앞뒤가 맞긴 했다. 다쳤다 해도 크게 다치지 않은 건 분명했다.

"그런데 그 집 둘째가 뭘 찾으러 산에 간다고들 하더만."

"산에서 뭘 찾아요?"

"그것까진 모르지."

포레 사람들 속마음은 이한상이 불편을 끼치는 것보다, 산에 들락거리다가 사고라도 날까 봐 걱정하는 거였다. 다른 건 몰라도 사람이 다치거나 죽는 사고는 없기를 바라서 이한상 부모한테 알리고, 몇 번이나 주의를 주었다. 이한상 부모는 주민들 말을 무시해 왔는데 이한상이 거듭 다치자 일을 해결한답시고 별장을 헐값에 팔아 버렸는지도 모른다.

"어떤 사람들이 들어오려나요?"

"서울 사람이라 들었어. 어린애들 키운다니까 젊은 사람들인 게지."

"빈집 아니라서 다행이네요."

"그려. 그건 다들 좋다더만."

그 말을 하는 봉하 씨 얼굴에 미소가 번졌다. 포레 사람들이 가장 좋아하는 게 주민이 느는 것이고, 정말 무서워하는 게 빈집이 느는 것이다.

30

통학 버스에서 내려 별장으로 곧장 올라갔다. 버스 안에서 미리 문자를 넣어 놨다. 대문 앞에서 잠시 보고 올 생각이었다. 시간 오래 내지 않을 거였다.

대문 앞 계단에 이한상이 앉아 있다가 나를 보고 일어섰다.

"우리 집 소문 다 들었지?"

이한상은 별장에 관한 일을 내가 다 안다고 가정하는 것 같았다. 최근에 별장이 팔린 것은 물론 지난밤에 온 집안의 전등을 밝혀 둔 이유까지. 그리고 내가 모르는 어떤 일까지도 전부 안다고 생각하는 것 같았다.

"내 사정이 점점 어렵게 쇠여 가네? 이유가 뭘까?"

마치 나 때문에 자기 처지가 나빠지고 있다는 투였다. 대꾸할 가치도 없는 말이었다. 나는 오늘 만난 이유를 확인시켰다.

"영상이나 봐요."

"아, 그래. 그거 보러 왔지?"

이한상이 바지 주머니에서 전화기 하나를 꺼내 잠시 만지작거리다가 내밀었다. 이한상이 찾아낸 영상을 내려다보았다. 모든 것이 어둠과 뒤섞여서 무엇 하나 구분되지 않은 채 흔들리고 있었다. 잠시 후 영상에서 울음소리가 흘러나왔다. 내 목소리였다. 그래, 바로 그날의 영상이었다. 이한상과 산으로 올라갔던 날. 그날이었다.

내 울음소리와 이한상 목소리가 뒤섞여 나왔다.

"너 진짜 무서웠구나. 이제 괜찮아. 알았어, 알았어. 집에 가자. 응?"

우는 나를 이한상이 달랬다.

그래, 그날 그랬다. 의심하는 마음이 있었지만 신뢰하는 마음이 더 컸다. 그래서 한밤중에 따라나섰다. 그런데 길을 잃은 것 같다고 생각한 어느 순간 그 사람이 사라졌다.

"잠깐만."

속삭이고 순식간에 멀어졌다. 바스락 소리도 못 들었다. 나는 외쳐 불렀다. 소리를 내면 산짐승이 몰려온다는 경고도 잊어버리고 이한상을 불렀다. 대답이 없었다. 어느 순간 뜨거운 물이 내 다리를 적시고 있었다. 소변이 흘러나온다는 것도 알지 못했다. 혼자 어둠 속에서 질린 나는 울기 시작했다. "형." "형." 부르면서 울다가 겨우 생각을 하기 시작했다. 형을 기다릴 게 아니라 올라왔던 길을 되짚어 내려가면 될 것 같았다.

경고도 잊고 전화기를 꺼내 들고 랜턴 기능을 켰다. 발아래를 비추면서 한 발씩 움직였다. 얼마나 시간이 지났는지 모른다.

"무서웠어?"

이한상 목소리와 함께 불빛이 나를 쏘았다. 불빛은 내 얼굴에서 시작해 아래로 천천히 훑어 내려갔다.

"미안하다, 미안해. 이렇게 강단이 없어? 어휴, 너하고는 이제 산에 못 오겠다."

이한상은 산에서 내려오면서 계속 미안하다는 말을 이어 갔다. 그리고 마침내 포레 산책로에 이르자 이렇게 말했다.

"오늘 일은 우리만 알고 있는 거다."

이한상이 우리 집 대문 앞까지 데려다주고 올라가는 모습을 바라보던 그때의 내가 아직도 선하다. 그때의 내가 아직도 이한상을 바라보고 있는 것만 같다.

다음 날 통학 버스 정류장에 이한상이 먼저 나와 있었다. 버스가 오자 나를 먼저 태우고 뒤따라 탔다. 나란히 앉았다.

"어제 찍은 영상이 있다. 볼래?"

"그냥 지워 주세요."

내 말에 이한상이 답했다.

"주인공은 가지고 있어야지."

나한테 전송하면서 확인하라는 듯이 말했다.

"이건 지운다."

자기 전화기에 있는 영상을 삭제하는 모습까지 보여 주었다. 그런데 그 영상이 남아 있는 거였다.

"이게 왜 남아 있어요?"

묻자 이한상이 되물었다.

"내가 물어보고 싶은 게 그거야. 이런 게 왜 내 전화기에 있는지."

나는 생각했다. 이한상은 기억을 잃은 게 분명하다. 그가 기억을 잃었다는 핑계로 다른 목적을 이루려고 한다면, 이런 일까지 들춰내진 않을 것이다. 이런 영상은 도리어 숨기려고 했을 것이다. 자신의 지난 잘못이 다시 들추어지는 영상은 더욱 숨기려 했을 것이다.

나는 이한상이 보는 앞에서 영상을 삭제해 버렸다. 그런 나를 이한상이 바라보고 있었지만 불평은 하지 않았다. 전화기를 돌려주면서 내가 물었다.

"전혀 기억에 없습니까?"

나는 이한상에 대해 훤히 알고 있는 투로 물었다. 이한상은 내 말투가 달라진 게 신경 쓰이는지 답하지 않고 나를 빤히 보았다.

"어쩌다 기억까지 잃었습니까?"

나는 그가 모든 것을 하나씩 잃어버리다가 결국 존재까지 잃어버린 게 안쓰럽다는 투로 말했다. 얼마나 부주의하게 살

앉으면 존재까지 잃어버렸나? 그런 자신이 부끄럽지도 않냐? 하는 시선으로 쳐다보았다. 그러나 이한상은 손가락으로 우리 둘을 번갈아 가리키면서 물었다.

"그러니까 우리가…… 같은 편이었다는 증거지?"

"우리가 한패였을 것 같습니까?"

이한상이 잠시 뜸을 들이더니 이렇게 말했다.

"설마 너도 피해자 하고 싶은 거야?"

이한상의 그 말은 무의식중에 우리 둘 사이를 어떻게 인식하고 있는지 드러내는 말이었다. 오랫동안 내가 그날 밤의 일을 입 밖에 내지 않은 이유는 일말의 가능성을 기대했기 때문이다. 나와 이한상은 동등한 관계는 아닐지라도, 약간의 신뢰를 바탕으로 하는 관계라고 생각해 왔다. 그러니까 나한테 의도적으로 피해를 입히지 않을 것이다. 적어도 나한테만은 좋은 사람으로 보이고 싶어 한다. 바로 그 순간까지도 나는 그런 터무니없는 기대를 하고 있었다.

그런 오만함을 다 떨쳐 내지 못한 나를 그는 다시 조롱했다.

"아, 알았다. 너 지금 창피한 거구나."

이한상은 겁을 집어먹고 어쩔 줄 모르는 모습이 노출된 것을 내가 창피해한다고 생각하는 것 같았다. 그리고 그런 모습을 자기는 다 봤다는 듯이 웃었다.

내가 말을 아끼고 있자 이한상이 말했다.

"피해자라서 부끄럽냐?"

이한상은 처음부터 알고 있었다. 당한 쪽이 피해 사실을 더 감추고 싶어 한다는 것을. 가해자보다 피해자가 더 창피해한다는 것을. 적어도 한 패거리로 어울리던 사이에서는 피해자가 되는 게 얼마나 치욕인지 알고 있었다. 그리고 바로 그 점을 노려 마음껏 고통을 주었던 것이다.

"기억이 다 떠오르는 모양입니다?"

묻자 이한상이 당황한 것 같았다.

"넘겨짚어 본 거야. 뻔하잖아. 피해자가 되는 것보다는 가해자 쪽이 낫지. 적어도 창피하지는 않잖아?"

나는 이한상과 이야기를 하고 있는 이 순간이 한없이 부끄러워졌다. 이한상은 절대로 다르게 생각하지 못할 것이다. 기억을 잃어버린 상태에서도 예전에 하던 그대로 하는 걸 보면 알 수 있었다. 그는 예전에 했던 대로 지금도 여전하고, 앞으로도 계속할 것이다. 그가 두려워해야 하는 건 바로 그 점이었다. 하던 대로 하는 자신, 달라지려고 애쓰지 않는 자신, 스스로 제어할 힘이 없는 자신을 두려워해야 했다.

"설명 듣고 싶습니까."

나는 이한상과 둘이서 밤에 산에 오르게 된 날 일을 이야기했다. 그날 학원가에서 함께 통학 버스를 타고 왔다. 버스 안에서 그가 말했다. 밤에 산에서 친구들을 만나기로 했는데 갈 생각 있으면 함께 가자고, 선배들 알아 두면 나쁠 거 없다고 속삭였다. 나는 주저했지만 대선배들과 야간에 산을 타는 일에 약간 흥미를 느꼈다. 하지만 막상 산에 올라서 그 사람은 나를 혼자 내버려두고 어디론가 사라졌다가 돌아왔다.

내가 말했다.

"그때 옷에 피가 잔뜩 묻어 있었어요."

"피?"

"분명히요. 그 피 묻은 옷을 막 버리지는 않았을 텐데요. 한번 찾아보세요. 전에 쓰던 전화기도 남아 있는 걸 보니 집 안 어딘가 숨겨 뒀을지도 모르죠."

"그런 건 못 봤는데?"

"그럼 산속에 숨겨 놨나요?"

"산에? 그런 걸 왜 산에 숨겨?"

"모르죠. 아무튼 뭘 찾으러 산에 다닌다면서요? 그 옷 아닐까요?"

"내가 뭘 찾으러 다니는 건 어떻게 알아?"

"포레 사람들은 다 알던데요?"

"나도 모르는 나를 온 동네가 안다고?"

나는 답하지 않았다. 그가 마음껏 상상하도록 내버려두었다. 그리고 이렇게 말했다.

"우리는 아무 사이도 아니었어요. 동네 선후배였을 뿐. 서사가 있는 사이는 아닙니다."

그 말을 내 입으로 하는 순간 내가 품고 있던 실낱같은 기대가 사라지는 걸 느꼈다. 기대가 사라지자 뭔가 개운한 기분까지 들었다.

"이사 간다면서요."

답이 없어서 다시 물었다.

"어디서 살게 됩니까?"

"아, 나. 아직 정확하지 않아."

"며칠 뒤라던데, 아직도 어디로 갈지 몰라요?"

"아버지가 알아서 하겠지."

"호주에서는 재미있었어요?"

"기억이 없는데."

"어쩌면 기억이 없는 게 낫겠네요."

나는 이한상의 호주 유학 이야기를 듣지 않아도 알 것 같았다. 다르지 않았을 것이다. 이곳에서 하는 행동에서 벗어나지도 않았을 것이다. 그러다가 가해자가 되었거나, 피해자가 되었을 것이다. 가해를 하려다가 피해를 당했을 수도 있다. 어쨌든 다르지 않았을 것이다.

"이제 다시 볼 일 없을 겁니다."

마지막 인사로 알아듣길 바라면서 딱 잘라 말했다.

"언젠가 기억이 돌아오면 그때는."

"난 상관없습니다."

나는 결이 마음을 생각해 보았다. 마음을 단단히 먹고 접는 순간, 그 단호한 정신 곁에 나도 함께 서는 것만 같았다. 이제 그만 집으로 가려고 돌아섰다. 그런데 그 사람이 불쑥 이런 말을 했다.

"혹시 내가 너한테도 나쁜 짓 했어? 기사에 난 그런 일을 너하고 네 친구한테도 했냐고."

"한 거 같아요?"

"그랬구나. 그래서 차갑게 구는구나."

"기억이 돌아와도 우린 이제 상관없으니까. 죄책감이 느껴지면 알아서 벌받던지요."

그러자 그 사람이 어둠을 향해 고개를 돌리고 한숨인지 웃음인지 모를 숨을 후 하고 토해 내고 나서 이렇게 말했다.

"난 이미 벌을 받았는걸?"

나는 이한상이 뱉은 말을 이해할 수 없었다. 이한상 정면으로 다시 돌아섰다. 나를 보면서 이한상은 두 번 말할 필요 있냐는 듯이 어깨를 으쓱했다.

"내가 무슨 짓을 했건 값은 충분히 치렀다고. 사실, 벌을 과하게 받았지. 너도 알다시피, 호주까지 쫓겨나고, 기억도 잃어버리고. 이제 나는 떳떳하게 살아도 되는 사람이야."

이한상은 자신이 받은 벌이 과하다고 생각하는 것이다. 원치 않은 유학길에 오르고, 사고로 기억도 잃어버렸으니 벌은 충분히 받았다고 여기는 것이다. 그리고 벌을 받았으니 떳떳해졌다는 것이다. 당당하다 못해 광기 어린 그의 눈을 보면서 나는 마지막 인사를 건넸다.

"아직 벌받는 중일 겁니다."

"왜?"

"기억이 돌아오지 않았잖습니까?"

"어? 내 기억?"

그가 뭔가 더 할 말이 남은 듯 얼버무렸지만 무시했다. 경사진 길을 내려오는 나를 이한상이 노려보고 있는 걸 알았지만 별로 신경 쓰이지 않았다. 혹시라도 이한상이 나를 진심으로 대하고 싶었다든가, 나한테만큼은 조심하고 싶었을 가능성은 완전히 파괴되었다.

31

며칠 연이어 밤새 별장에 불이 밝혀졌다. 눈을 찌를 듯한 LED 등을 모조리 켜 두었다. 전에도 간혹 그런 적이 있지만 연일 이런 행패를 부린 적은 없었다. 시위라도 하듯이 집 안의 모든 등을 밤새도록 밝혔다가 낮이 되면 끄기를 반복했다.

별장에 이한상 혼자 있는 게 분명했다. 다른 가족이 있다면 전등을 관리하지 않을 리 없다.

며칠째 계속되는 빛 때문에 신경 쓰느라 포레 사람들은 잠을 설쳤다. 하지만 누구도 별장에 직접 민원을 넣지 않았다. 이 정도 불편쯤이야 얼마 뒤면 사라질 것이었다.

별장 앞에 낯선 승용차와 승합차가 버티고 있었다. 얼핏 보기에 인테리어 업체 차량 같았다.

"인테리어 새로 한대요?"

"새 사람 들어오려니까 이것저것 손보고 싶은 게지."

아직 이사한 것도 아닌데 인테리어 업체에서 왔다는 게 이해가 되지 않았다. 별장 아저씨가 저런 걸 허용했다는 건가? 지금 집 안에 이한상이 있을 텐데. 지난밤엔 온 집안의 전등을 다 밝히는 걸로 화를 발산했는데, 오늘 밤은 어떨지. 인테리어 수리업체 사람들이 집 안을 휘젓고 다니는 것을 두고 봐야 하는 불쾌한 기분을 털어 내려고 어떤 짓을 할지 궁금했다.

"저 집 둘째하고 보더구만."

봉하 씨가 슬쩍 물었다. 공연히 상상해서 걱정하지 않도록 명쾌하게 말했다.

"이야기 좀 했어요. 기억이 돌아오는 데 도움이 된다고 해서요. 이 동네에서 뭐라도 물어볼 사람이 나밖에 없으니까요."

"억울한 게 있다던?"

"그건 아니고요."

"하기야. 저 틈에서 애가 정신 똑바로 차리기도 힘들었겠지."

"무슨 일 있어요?"

묻자 봉하 씨는 손을 내저으며 앞섰다. 집 안에 들어와서야 봉하 씨는 닫힌 현관문 쪽을 보면서 입을 열었다.

"어릴 때 험한 일을 당한 모양이여. 그것도 식구한테."

봉하 씨가 요 며칠 사이 삽살개 집 아저씨한테 들은 이야기로는 이한상이 열두 살쯤에 동네가 떠들썩한 일이 있었다고 했다. 이한상은 어릴 때부터 한동네에 사는 삽살개 집 아저씨를 꽤 따랐다고 한다. 삽살개 집 아저씨는 산속에 양봉장이 있어 자주 산길을 따라 양봉장에 갔다. 그런 아저씨를 이한상이 따라간 일이 몇 번 있었다.

"벌 농장에 관심이 있는 건 아니고, 어린애가 산에 오르는 걸 좋아했다지."

삽살개 집 아저씨는 어린아이가 산을 좋아하는 걸 기특하게 여겼다. 아저씨는 시간이 나면 혼자서 산을 몇 개나 넘어 다니면서 약초를 캐거나 나물을 뜯었는데 한번은 이한상이 하도 조르기에 데리고 간 적이 있었다. 좀 멀리 갔다 오느라 날이 저물어서야 돌아오니 온 동네가 발칵 뒤집혀 있었다. 아저씨가 이한상을 납치해 갔다면서 경찰까지 와 있었다.

"납치요? 그래서 아저씨가 경찰에 잡혀갔어요?"

"어린애가 직접 말했다는구만."

"뭘요?"

"지가 졸라서 데려간 거라고."

일은 그렇게 마무리되었지만, 그 일이 있기 전부터 이한상 아버지와 삽살개 집 아저씨가 옥신각신해 온 게 문제였다고 한다. 동네를 개발하자는 업자들과 한통속이 된 이한상 아버지가 주민들을 설득하고 다녔는데 삽살개 집 아저씨는 반대하는 입장이라 사이가 껄끄러웠다는 것이다. 그런 뒷사정이 있는데 그 아들이 아저씨를 따라 자꾸만 산에 들락거리니 신경 쓰이지 않을 수 없었다. 그래서 아버지가 이한상한테 몇 번이

나 주의를 주었는데도 막무가내였다. 아저씨 또한 어린애가 싫지 않아 데리고 다녔다.

"그러다 그 아비가 수를 쓴 거지."

그날도 아이가 산에 따라가서 늦게까지 돌아오지 않자 납치당했다고 경찰에 신고를 넣은 것이다. 일을 한번 크게 키워서 겁을 먹게 하면 버릇을 고칠 수 있을 거라고 여긴 모양이었다.

그런데 열한 살짜리 이한상도 만만치가 않았다. 그런 일을 치르고도 아저씨를 따라다녔다고 한다. 아저씨가 아무리 호통을 쳐도 물러서지 않을뿐더러, 도리어 협박을 하더란다.

"데리고 다니지 않으면 혼자 산에 갈 거라고 했다더만."

아저씨가 결국은 이한상 아버지를 찾아가 사정을 알렸다고 한다. 아저씨도 아이와 산에 다니면서 정이 들었고 함께 다니는 습관도 붙었지만 더 이상 안 되겠다 싶더란다.

결국 큰 소란이 일어나고 말았다. 아버지와 형이 이한상을 아저씨네 집 뒤에 있는 호두나무에 묶어 놨다는 거였다. 이한상은 혼자 산에 올라가려다 딱 거기서 잡혔다. 거긴 산에 오르는 길목이기도 하니 그렇게 혼을 내면 산에 가는 습관을 고칠 수 있으리라 여긴 것 같았다. 더 이상 산에 오르지 않겠다는 말 한마디만 하면 풀어 줄 텐데 아이도 고집이 여간 드세지 않았다. 계속 고집을 피우고 있으니 아버지와 형이 번갈아 나무에 묶어 둔 아이한테 손을 대기까지 했다. 그렇게 밤늦게까지 묶어 두고 닦달하는 아버지와, 아버지보다 더 동생을 단속하려는 형, 고집 피우는 아이 때문에 온 동네가 긴장했다.

"아, 결국 그이가 나와서 무릎을 꿇고 빌었다지 뭐여."

"아저씨가 왜요?"

"이유 불문하고 빌었대. 다시는 산에 데리고 가지 않겠다고. 그래야 일이 끝날 거 같았겠지."

"그래서요?"

"그이가 무릎 꿇고 빌자 애가 놀랐는지 항복하더라는구만."

그 일이 있고 나서 개발에 반대하던 동네 사람 몇이 찬성으로 돌아섰다고 했다. 삽살개 집 아저씨는 한동안 더 반대하는 입장에 있다가 동네 주민 중 하나가 호두나무에 목을 매는 일이 벌어진 뒤 포기했다고 한다. 마침 양봉장도 산 주인이 더 이상 허용하지 않게 되어 등 떠밀리듯이 집을 팔아 치우고 그 동네를 떠났다고 했다.

"평생을 살아온 집인데 정이 뚝 떨어져서 나왔다지 뭐여."

"그런데 그 동넨 아직 그대로잖아요?"

삽살개 집 아저씨가 나오고 나서 일이 좀 이상하게 돌아가더라고 했다. 반대하던 주민 몇쯤이야 쉽게 보고 밀어붙이던 개발이 지지부진하게 세월만 보내더란다. 그러다 개발이 보류되면서 지금까지 저 지경으로 시간만 흘렀다는 것이다.

"그런데 아저씨는 왜 하필 포레로 왔어요?"

"당시에는 별장 주인장이 여기 땅을 업자한테 아예 팔아 버린 줄 알았다는구만."

삽살개 집 아저씨는 주택을 분양받고 나서야 분양사와 별장이 관련 있다는 것을 알게 되었다. 하지만 별장 사정도 구렁텅이에 빠진 건 마찬가지라 이렇다 할 말도 못 꺼내 봤다고 한다. 별장 역시 개발 업자들 말에 솔깃해 앞장서다가 일이 틀어지는 바람에 큰 손해를 입고, 자기 땅인 산자락에 전원 단지를 개발해 손해를 메꿔 보려다가 발목 잡힌 경우라는 것이다. 개발 업자들 역시 손해를 떠안기는 마찬가지였다.

"억울하지 않은 이가 없어. 그 집 둘째도 그 여파를 맞았지."

봉하 씨는 여전히 이한상을 측은해하는 것 같았다.

"아주 몹쓸 놈은 아닐 거여."

나는 봉하 씨가 이한상을 불쌍해하는 걸 이해하지 못했다.

하지만 시간이 흐른 뒤에 나는 이한상의 어린 시절 이야기를 들려준 봉하 씨 마음을 어렴풋이 이해했다. 봉하 씨는 나보다 이한상을 더 잘 알고 있었다. 한 사람에 대해 알 수 있는 면과, 알 수 없는 면까지 이해하고 있었을 것이다. 할아버지는 다만 내가 마음속에 실망을 품고 살아가게 될까 봐 걱정한 것이다.

32

가을 태풍이 지나간 다음 날이었다. 아침에 보니 과묵이 또 가출하고 없었다. 한동안 잠잠해서 포기했나 했는데 아니었다. 하지만 길어야 이삼일이면 돌아올 것이다. 과묵은 집에서 먹는 사료와 간식에 익숙하다. 그러니 배가 고파지면 올 것이다.

학원 수업까지 마치고 돌아오는 길이었다. 버스에서 내려 포레 정문으로 들어서는데 뭔가 어수선했다. 태풍이나 폭우, 폭설이 지나간 뒤에는 늘 그렇다. 하지만 밤 열 시가 넘었는데 집집마다 개들이 짖고 여기저기 주민들이 나와 있어 긴장했다.

멀리 수다가 짖는 소리가 들렸다. 내가 포레에 들어온 걸 알아채고 짖는 거였다. 수다 소리만 들리는 걸 보니 과묵은 아직 안 돌아온 것 같았다.

대문에 들어서자마자 봉하 씨를 찾았다. 봉하 씨도 안 보이고 과묵은 역시 아직 안 돌아왔다. 수다가 내 뒤를 따라다니면서 눈치를 주었다.

"할아버지 어디 가셨어?"

"왕."

수다가 짧게 끊었다. 그렇다는 거였다.

"삼살이네 가셨어?"

"으릉."

목소리를 낮게 깔았다. 거긴 아닌 모양이었다.

"그럼, 어디 가셨나. 산에 갔을 리는 없고."

내 입에서 '산'이라는 말이 나온 순간 수다가 높은 소리로 짖었다.

"왕. 왕."

"할아버지가 산에 가셨다는 거야?"

혹시 과묵한테 무슨 일이 생겨서 봉하 씨가 산에 간 건가 싶어 등에 열이 훅 올라왔다. 막상 수다는 내가 제말을 알아듣는 게 대견하다는 듯이 꼬리를 흔들었다. 수다 반응을 보니 과묵한테 무슨 일이 생긴 건 아닌 것도 같았.

일단 전화기를 꺼냈다. 봉하 씨가 금방 받아서 내가 묻기도 전에 먼저 말했다.

"집에 있어. 지금 가는구만."

"묵이한테 무슨 일 생겼어요?"

"그건 아냐."

다행이었다. 하지만 집에서 기다리고만 있을 수는 없었다.

수다를 앞세우고 대문을 막 나섰는데 포레 주민 한 사람과 봉하 씨가 경사길 중간쯤 내려오는 게 보였다. 함께 내려온 주민과 봉하 씨가 서둘러 손짓으로 인사하고 길을 갈라섰다.

"산에는 왜 갔어요?"

"어여 집에 들어가."

마당 수돗가에서 얼굴과 손을 씻고 목에 둘렀던 수건으로 닦으면서 봉하 씨가 내 눈치를 슬쩍 보았다.

"무슨 일인데요?"

봉하 씨 설명은 이랬다. 저녁 무렵에 별장에서 사고가 났다는 안내 방송이 울렸다. 태풍 때문에 생긴 사고인가 싶어서 봉하 씨도 서둘러 별장으로 올라갔다. 이한상 아버지가 마당에서 기다리고 있었다. 포레 주민들이 얼추 모이자 이한상 아버지가 경찰에 신고는 하지 말자고 하면서 아들이 산에 올라간 지 몇 시간이 지났는데 돌아오지 않고 있다고 했다. 몸도 성치 않고, 기억은 더 성치 않은 놈이 산에서 안 내려오니 마을 주민들이 함께 아들을 찾아 주면 고맙겠다는 거였다.

주민들은 어이가 없었지만 외면할 수도 없었다. 평소에도 산에 자주 올라가서 걱정을 시키던 장본인이 산으로 사라졌다니. 사고라도 생기면 이루 말할 수 없는 근심이 될 거였다.

"그래서 전부 찾으러 나선 거예요?"

"그래야지. 어째."

"찾았어요?"

"통화됐다는 말 듣고 늙은이들은 내려왔어."

전화 통화가 되었다니 찾는 건 시간문제일 것이다. 하지만 태풍이 지난 뒤라 산속이 험해졌을 것이다. 게다가 밤이었다.

"묵이는요?"

"오겠지. 태풍 지나갔으니까 어미 걱정돼서 갔지 싶어."

언제나처럼 태풍이 지났으니 산에 있는 어미가 걱정되어 살피러 간 거라고 믿고 싶었다. 큰 눈이나 비가 온 뒤면 과묵은 습관처럼 가출했다 돌아온다. 봉하 씨 말처럼 자기 식구 걱정되어 살피러 갔다 오는 것이다.

밤 열한 시가 한참 넘어 삽살개 집 아저씨한테 연락이 왔다.

"찾았대요?"

"내려오는 중이라고 하네."

멀리서 구급차 사이렌 소리가 들렸다. 곧이어 구급차가 별장 쪽으로 올라가는 게 보였다. 경사로 저 위에 구급차 불빛이 산책로 계단을 밝히고 있었다.

길고도 짧은 시간이 흐르고 마침내 구급대원들이 들것을 들고 산책로 계단 아래로 내려오는 게 보였다. 얼마나 신속한지 들것에 실려 온 사람이 누구인지 볼 새도 없이 떠나 버렸다.

요란한 구급차 사이렌 소리에서 해방된 사람들이 삽살개 집 아저씨 옆으로 모여들었다. 막상 누구도 선뜻 물어볼 용기를 내지 못했다. 모두들 랜턴을 아래로 향하고 실수로라도 서로의 얼굴을 비추지 않도록 조심하고 있었다.

"큰일은 없을 겁니다."

삽살개 집 아저씨가 겨우 꺼낸 말이었다. 삽살개 집 아저씨와 이한상 아버지가 전화벨 소리를 쫓아가 찾아냈을 때 이한상은 쓰러져 있었다고 했다. 그 외에 더 이상은 아는 바가 없다고 했다.

"어디서 찾았어요?"

내가 물었을 때 아저씨가 문득 놀란 것처럼 이렇게 말했다. 이한상 전화기에 위치 추적기를 심어 놨더라고 했다. 이한상이 걸핏하면 산으로 올라간다는 주의를 듣고 나름대로 취한 조치였다는 것이다.

그 덕에 이한상이 어디로 어떻게 움직이는지 그 아버지는 다 꿰고 있었다. 이한상이 포레를 떠나 곧장 간 곳은 예전에 살던 동네 인근이었다. 거기서 멈추지 않고 계속 이동해 곰 농장이 있는 산을 지나 놀이공원 인근까지 갔다. 하지만 거기서 더 나아가지는 않고 되돌았는데, 그때쯤 이한상과 통화했다고 한다. 이후 이한상은 포레에서 그리 멀지 않은 곳에서 이동을 멈추었다. 그들은 이동을 멈춘 곳에 쓰러져 있는 이한상을 발견했고, 그다음은 우리가 알다시피 구급대에 연락부터 했다. 번갈아 이한상을 둘러메다시피 해서 내려오는 중에 구급대를 만났다고 했다.

그날 이후 이한상을 보지 못했다. 별장에서 이삿짐이 나갈 때도 이한상은 보이지 않았다. 이한상 계정에 들어가 본 적이 있다. 계정은 시간이 멈춘 듯 몇 달이나 새로운 게시물이 올라오지 않은 채로 있었다. 그러다가 사라졌다. 계정을 없앤 걸 보면 '기억 상실' 상태에서 깨어났을지도 모른다는 생각이 들었다. 그 뒤 이한상 소식을 알아보려는 어떤 시도도 하지 않았다.

전에 쓰던 전화기를 꺼내 열어 본 적이 있다. 거기 저장된 영상들. 이한상이 나를 찍은 영상과 내가 나를 찍은 영상들. 이한상 목소리에 떨고, 의지하고, 다시 두려워하는 내가 여전히 어둠 속에 머물러 있었다. 어렸던 내가 그때의 이한상과 마주친 순간들. 그 순간들이 아직 남아 있었다.

영원할 것 같던 그 영상들을 삭제하는 데 결심 같은 건 필요 없었다. 나는 더 이상 이한상에게 아무 관심이 없었다.

한때 복수를 생각한 적도 있었다. 내가 당한 두려움을 고스란히 되돌려주고 싶어 분노에 떤 적도 있었다. 하지만 내가 복수를 하든, 하지 않든 이한상은 달라지지 않을 것이다. 나의 복수는 나의 문제이지 그의 문제는 아니다. 그는 언젠가, 자신의 문제를 감당해야 할 순간을 맞을 것이다. 스스로 쌓아 올린 시간을 책임져야 하는 순간. 그 순간은 긴 시간 뒤에 올 수는 있지만, 결코 비켜 가지는 않는다.

33

별장 마당에는 미끄럼틀과 그네가 들어서고 가끔 아이들 노는 모습이 보인다. 눈을 찌르던 LED 등도 부드러운 빛을 내는 등으로 바뀌었다. 별장은 완전히 달라진 것 같았다.

겨울이 되자 별장 마당에 대형 트리가 설치되어 밤이면 노란 별과 파란 별들이 깜박였다. '복실', '구름'이라고 불리는 희고 커다란 개 두 마리가 마당에 나와 뛸 때도 있다. 산책하는 우리를 보면 철제 담장 틈새로 내다보며 아는 척한다. 그러면 과묵과 수다도 아는 척한다.

34

 이한상이 구급차에 실려 가던 날 사라졌던 과묵에 대해 생각한다. 구급차가 가고 포레 사람들과 헤어져 집에 왔을 때도 과묵은 없었다. 그런데 이른 아침에 보니 과묵이 자기 집에서 자고 있었다. 온몸에 흙을 묻히고, 한쪽 다리엔 뭔가에 찢긴 상처가 패였고, 코끝은 허물이 크게 벗겨져 있었다.
 사료 그릇도 텅 비어 있었다. 과묵과 수다, 둘이서 다 먹어 치우기엔 버거운 양인데 싹 비운 걸 보니 다른 개도 다녀간 것 같았다. 어미가 과묵을 집에 데려다주고 간 건지도 모른다.
 나는 가끔 그날 과묵이 어디를 쏘다녔을지 상상해 본다. 과묵은 두 종류의 길을 안다. 들개들이 다니는 길과, 사람이 다니는 등산길. 그날 과묵이 등산길로 다녔다면 그 길 어디쯤에서 이한상과 마주쳤을 수도 있다.
 이한상이 기억을 잃은 상태에서도 왜 거듭 산에 올랐는지는 끝내 이해할 수 없었다. 그가 왜 그렇게 산에 집착했는지. 무엇 때문에. 정말 뭔가를 찾으려고? 뭔가 찾으려고 했다면, 그게 대체 뭘까? 온갖 생각에 매달린 적이 있다.

하지만 시간이 지나면서 이런 생각이 들었다. 이한상은 산에서 뭘 찾으려는 게 아니었다. 습관대로, 하던 대로 한 거였다. 몸에 밴 습관이 이끄는 대로 따르다가 그런 사고가 일어났다. 그는 습관에서 벗어나려 노력할 줄 몰랐다. 시간이 더 지나고 나서 나는 생각했다. 결국 그는 자기가 한 행위를 반성할 줄 몰랐다. 그 점이 그의 허약함이었다. 그런 허약함을 안고서는 결코 성장하지 못할 것이다.

작가의 말

 이 이야기 속에는 두 개의 길이 있다. '너'의 길과 '나'의 길. 이한상이 택한 '너'의 길은 쉽다. 순간의 감정이나 기분 혹은 응어리, 고집, 원한이 이끄는 대로 끌려가는 것이기에 쉽다.
 '나'의 길은 쉽지 않다. 이 길은 부단히 애써야 한다. '너'보다 한발 더 나아가고, 한 번 더 생각해야 하기에 어렵다.
 청소년 시기를 거치면서 누구나 크고 작은 '못된 일'을 경험하거나 가까이서 지켜보게 된다. 이런 일을 겪고 나면 마음에 억울함과 분노가 생긴다. 마음에 분노가 있다고 해서 누구나 '너'의 길을 선택하지 않는다. 우리 대부분은 '나'의 길을 선택한다. '너'의 길에는 미래가 없다는 걸 알기 때문이다.
 이번 이야기를 쓰면서 고민한 건 '인과응보'나 '권선징악'이었다. 요즘은 신뢰를 잃은 것 같은 이 말들이 여전히 작동하고 있는지, 어떤 식으로 작동하는지 고민해 보려는 게 이번 이야

기다.

'너' 같은 인물은 반성할 줄 모른다. 반성하려 애쓰지 않기에 하던 대로 행동하게 되고, 결국 자신을 파괴시킨다. 스스로 초래한 파괴, 이것이 인생이 주는 보복이라고 생각했다. 인과응보나 권선징악은 이런 식으로도 온다.

보복에 관한 몇 가지 이야기를 준비하고 있다. 억울함과 분노를 마음에 품은 아이들이 어떻게 무너지지 않고 나아가는지 이야기해 보려 한다. 『나는 너를 아는데』가 그 첫 이야기이다.

출판사 우리학교에 깊이 감사드린다.

2025년 11월
박영란

나는 너를 아는데

초판 1쇄 펴낸날 2025년 11월 17일
초판 3쇄 펴낸날 2025년 12월 16일

지은이 박영란
펴낸이 홍지연

편집 홍소연 김선아 김영은 이예은 차소영 조어진 서경민
디자인 이정화 박태연 정든해 이설
마케팅 강점원 원숙영 김신애 김가영 김동휘
경영지원 정상희 배지수
저작권 한지훈

펴낸곳 ㈜우리학교
출판등록 제313-2009-26호(2009년 1월 5일)
제조국 대한민국
주소 04029 서울시 마포구 동교로12안길 8
전화 02-6012-6094
팩스 02-6012-6092
홈페이지 www.woorischool.co.kr
이메일 woorischool@naver.com

ⓒ박영란, 2025
ISBN 979-11-6755-356-0 43810

- 책값은 뒤표지에 적혀 있습니다.
- 잘못된 책은 구입한 곳에서 바꾸어 드립니다.

만든 사람들
편집 서경민
디자인 정든해